妖狐の執事はかしずかない 4

古河 樹

富士見Ｌ文庫

目　次

プロローグ

黄昏館の正門をくぐると、そこには緑豊かな庭園が広がっている。

風の囁きに木々が揺れ、響いているのは涼しげな葉音。

それに耳を傾けながら、妖狐は革靴を鳴らし、石畳の上を歩いていた。

妖狐は人に化けることができる。常に上等なスーツを着こなし、この黄昏館で執事の役目を任じられていた。

星屑のような銀髪をなびかせ、庭園を闊歩しながら妖狐は思う。

屋敷というのは千差万別の顔を持つ。

同じ屋敷であっても主人が違えば、屋敷はまったく別の顔を見せる。

一瞬、足を止めて、妖狐は振り返った。黄昏館の屋敷を見つめて感じるのは、まるで大空から皆を見守っているような雄大な雰囲気。

その佇まいにどうしようもない懐かしさを覚え、ふいに気づいた。

ああ、そうか。

これは……夢だ。

小さく吐息をこぼし、正面を向く。

瞳に映ったのは、屋敷の裏手の花園。

庭園の正門側にいたはずなのにいつの間にか裏手に来ていた。やはりこれは夢なのだ。

花園には色とりどりの花々が咲き誇っている。外周には小さなレンガで柵が作られており、程近い場所には予備のレンガが積み上げられていて、そこに——ひとりの老淑女が腰掛けていた。

白い髪は年を経ても艶やかで、背中はしゃんと伸びている。落ち着いた藤の色の和服を着ており、紅葉模様のひざ掛けを載せていた。

夢のなかの妖狐は呆れた様子で彼女へ話しかける。

「捜しましたよ。こんなところにいらっしゃったのですか、みすず様」

彼女の名は高町みすず。

あやかしの問題を調停、解決する黄昏館の当主にして、執事たる妖狐の主人である。

「もう午後の執務のお時間ですよ。毎日毎日、気まぐれに席を外されては困ります」

妖狐の小言に対し、みすずは年齢にそぐわない、イタズラめいた顔で微笑んだ。

「お前は日に日に私を捜し出すのが上手くなるわね。こっちも隠れ甲斐があるというものだわ」

「そもそも隠れないで頂きたいものです」

まったく、と嘆息し、手を差し伸べる。

「お手を。執務室までエスコート致します」

しかしみすずは手を掴んではこなかった。

代わりにひざ掛けの下から長方形の箱が取り出され、妖狐へ手渡される。

「これは……？」

贈答品の箱だった。全体を包むように控えめなリボンも巻かれている。

「お前への贈り物よ」

「贈り物、ですか？　私に……？」

「この街で私が当主となることを決めた日、つまりは私とお前が出逢ったあの日から……どれくらいの月日が流れたかしらね」

「まだそれほど長い年月ではないと思いますが……」

「あやかしのお前にとってはね。でも人間である私にはなかなかのものよ？」

今度こそ妖狐の手を取り、みすずは立ち上がった。長身のスーツ姿を穏やかに見上げる。

「開けてごらんなさい」

そう言われ、丁寧に包装を解いた。

出てきたのは妖狐のスーツに似合う、艶めいた夜色のネクタイ。

「……みすず様、女性が男性へネクタイを贈ることの意味はご存じですか？」

「あら、異性としてそれを受け取りたいの？　私は純粋にお前が喜びそうなものをと思って選んだだけなのに、とんだ不心得者の執事ね」

一般的にネクタイの贈り物には恋慕の意味合いが含まれることがある。よって一応、苦言を呈したのだが……主はこちらの指摘を見越して、それをからかうことも含めて、ネクタイを選んだらしい。

妖狐は苦笑しながら頭を下げる。

「お許し下さい。あまりに浅慮なことを申してしまいました」

「ふふ、わかればいいわ。さあ、着けてみてちょうだい」

「はい」

妖狐は着けていたネクタイを外すと、贈られたネクタイを巻いてみせる。

主は満足そうに頷いた。

「よく似合っているわ。お前の銀色の髪にはこういう色が似合うと思っていたの」

「ありがとうございます。身に余る光栄です。しかし宜しいのですか？　従者の私がこんなものを頂いてしまって……」

「もちろんよ。あの日からお前は本当によく仕えてくれたわ。だから、これはささやかなお礼」

「まるで私に暇を出してしまうようなお言葉ですね」

「まあ、お前はこの屋敷を出たいのかしら？」

「まさか」

銀髪を揺らし、妖狐は胸に手を当てる。そこには主人から贈られた夜色のネクタイ。

「私はこの黄昏館の執事です。この先、何年でも何十年でもお仕えさせて頂きます」

「そう、良かったわ」

──その時、彼女が見せた笑みを妖狐は今でも覚えている。

どこか遠い未来を見渡すような、とても優しい笑顔だった。

彼女が病の床に臥せり、旅立ってしまうのは、このすぐ後のことだ。

その別れに妖狐はひどく打ちのめされた。己が存在の意味さえ見失ってしまうほど、哀しみに暮れた。

けれど、それももう過去のこと。

高町みすずが残してくれた、新たな主人──高町遥と出逢い、妖狐は新しい日々を生きている。彼女から贈られたネクタイを身に着け、彼の隣でその道行きを支えている。

だから昔の夢をみたとしても、もう妖狐が嘆くことはない。

在りし日を懐かしく思い、今という輝かしい日々に役立てられないかと考えられる。

それがとても幸福なことだと、妖狐はすでに知っている──。

第一話　夏の波間に思い出を

高町遥は黄昏館の庭園で唖然としていた。

中世的な顔立ちの少年で、体つきはやや細身。普段は学校の制服を着ていることが多いが、夏休みに入ったので今は白いシャツにジーンズという格好。右の手首には祖母から受け継いだ赤い組紐をつけている。

朝方の空気は澄んでいて、まだ日差しの暑さは感じない。

そんな爽やかな光景とは裏腹に、遥は顔を引きつらせていた。「いやいや……」と声を上げる。

「何言ってるんだよ、雅火。冗談だよね……？」

視線の先には銀髪の青年。この世のものとは思えないほど美しい顔立ちで、上等なスーツを着こなし、髪の間からは狐の耳が覗いている。

遥に仕える、黄昏館の『妖狐の執事』。名は雅火。

「いえ……私は本気です」

雅火はひどく思い詰めた表情で、遥の言葉を否定した。

そして何かの象徴のようにネクタイを外すと、淀みなく言った。

確固たる決意と沈痛な哀しみをにじませて。

「遥様、今この時を持ちまして、私は――執事の任を辞させて頂きます」


その日の目覚めはとても爽やかなものだった。

カーテンから朝の日差しがこぼれ、夏用の羽毛布団の上に心地いい重さを感じた。

「はるかー、朝だよ？　起きてー」

瞼を開けると、目の前に可愛いこぎつねがいた。

羽毛布団の上に乗っかり、こちらを見下ろして、柔らかそうなしっぽを振っている。

黄昏館にはあやかしのこぎつねがたくさんいる。その一匹の六花だ。

「おはよう、六花。今日も起こしにきてくれたの？」

「うんっ。はるかを起こしてあげるのが僕の新しいお仕事だからっ」

「ありがと。六花のおかげでばっちり目が覚めたよ」

「ほんとっ？　ぼく、えらい？　えらい？」

「偉いよ。ご褒美に……こうだっ」

遥は六花を持ち上げるようにして体を起こし、そのままぎゅーっと抱き締めた。

黄色い毛並みがふわふわして気持ちいい。六花も「わぁー」とご機嫌でしっぽを振っている。

ここはあやかしの問題を調停、解決する屋敷――黄昏館。

調停に公平を期すため、当主には人間が選ばれる。その今代が遥だった。

いつもは当主と高校生の二足の草鞋（わらじ）を履いているのだけど、数日前から学校が夏休みに入った。おかげで今の役目は当主だけ。学生として宿題はしなくてはいけないけど、いつもよりは少しだけ朝寝坊ができる。

夏休みに入ってからというもの、こうして六花が起こしにきてくれていた。もちろんそばには執事の雅火もいる。

「まったく、主たる遥様の上に乗って起こすなど、本来は看過できないことですが……」

姿勢のいいスーツ姿が目の前を横切り、さっとカーテンを開いた。

朝日のなかで銀髪が輝き、雅火はこちらへ笑みを向ける。

自慢の執事は今日も優雅に一礼した。

「おはようございます、遥様。お目覚めの気分はいかがですか?」

「おはよう、雅火。とってもいいよ。朝から六花のモフモフで元気をいっぱいもらったからね」

「そう言われてしまっては叱るに叱れませんね」

苦笑と共に、白手袋の手を一回転。すると遥のシャツとジーンズがきっちり畳まれた形で現れた。

「お召し物はこちらに。どうぞお着替えをなさって下さい」

ありがと、とお礼を言って、服を受け取る。六花も床に下ろしてあげて、遥は着替え始めた。その途中、シャツのボタンを留めていて、ふと思い出し、「そうだ」と執事へ視線を向ける。

「雅火、浴衣（ゆかた）って用意できるかな？」

「浴衣ですか？　もちろんご用意できますが……何かご入用の事情でも？」

「う、うん、実はさ」

軽く言い淀んでしまった。

嬉（うれ）しさと照れくささが半分半分ぐらいの気持ちで咳払（せきばら）いをする。

「今度、街の西側で夏祭りがあるでしょ？　学校の友達が誘ってくれて、みんなでいくことになったんだ。それでせっかくだから浴衣を着ていこうって話になって……」

「遥様……っ」

なぜかいきなり肩を掴まれた。雅火がやたらと居たたまれない顔で見つめてくる。

「そのような見栄を張る必要はございません！　私はあなたの執事です。たとえどんなに物哀しい理由であっても、正直にお話し下さればいいのです……っ」

「いやどういうことさっ。僕は別に見栄なんて張ってないぞ？」

「お仕えしている私にはわかります。遥様に一緒に夏祭りにいくようなご友人などいるわけがありません！」

「いやなんで断言するかな⁉」

「大方、学校でクラスメートの方々が夏祭りの話をしているのを聞いて羨ましくなられたのでしょう。しかし遥様には一緒にいくご友人などは皆無。だからせめて浴衣を着て気分だけでも味わおうと……っ。くっ、この雅火。もはや涙を止められません……っ」

「失礼だな⁉　友達ならちゃんといるってば！」

「はるか、かわいそうな子なの？　ぼくのことぎゅーってする？　元気が出るよ？」

「ほら、六花が本気にしちゃってるじゃないか！　大丈夫だよ、六花。僕にはちゃんと友達いるからね？　今のは雅火の冗談だからさ」

「ま、まさか本当にお友達がいらっしゃるのですか……っ⁉」

「なんでびっくりしてるんだ⁉　冗談じゃなくて本気だったの⁉」

執事に愕然とされ、こっちも愕然とした。

六花を抱き上げてあやしつつ、じとっと雅火を睨む。

「だいたい広瀬と上森が以前に屋敷に遊びにきたろ？　雅火だって一緒にもてなしてくれたじゃないか」

「た、確かに……言われてみれば、遥様の交友関係は日々広がっておられるように思います。しかしまさか夏祭りに誘われるほどとは……ご立派になられましたね。くっ、この雅火。もはや涙を止められません……っ」

「結局、泣くのか……」

「さて、冗談は置いておきまして」

「結局、冗談だったの⁉」

「遥様が夏祭りに誘われたことを信じられなかったのは本当です」

「そこは冗談であってほしかったよ⁉」

遥が脱ぎ終えたパジャマを抱え、雅火は微笑む。

「浴衣は早めにご用意しておきましょう。仕立て屋に依頼すれば、遥様のために最高の一着を仕立ててくれるはずですよ」

「あ、仕立て屋って友禅（ゆうぜん）さんのところ？　だったら間違いないね」

友禅とは街の西側に店を構える、職人気質（かたぎ）な付喪神（つくもがみ）のあやかしだ。以前に舞踏会用のスーツも仕立ててもらったことがある。ますます夏祭りが待ち遠しくなってきた。

「じゃあ、僕は花園の水やりにいってくるね」

「ええ、私は寝具の片づけをしておきます。疾風（はやて）が朝食を作っていますから、あまり遅れないようになさって下さい」

「わかった。いこう、六花っ」

「うん、いくーっ！」

屋敷の裏手には花園がある。朝、そこの水やりをするのが遥とこぎつねたちの日課だ。

雅火に見送られて部屋を出ると、遥は六花を連れて廊下を進み、階段を下りる。

途中、お味噌汁のいい匂いがして調理場を覗くと、派手な着物姿のあやかしがいた。

「おはよ、疾風！」

「おう、遥。おはようさん。今日も美味い朝飯作ってるからよ、楽しみにしててくれ」

鍋をかき混ぜる手を止め、快活な笑みを見せてくれたのは、鎌鼬の料理人、疾風。

少し波打った短髪と鍛え抜かれた体、そして派手な着物が特徴のあやかしだ。

黄昏館の当主には常に付き従ってくれる、あやかしの従者がいる。

遥が最初に従者の契約を結んだのは雅火、二番目がこの疾風だった。

そして疾風の足元には三番目の従者の姿もあった。

「わう」

「クロスケもおはよう。今日は疾風と一緒なの？」

「わふう」

疾風の足元でのんびりと寝転がっているのは、雪のように真っ白な子犬、クロスケ。

クロスケはもともとあやかしの子犬だったのだが、先日、狗神という強力なあやかしに成長し、遥と契約するに至った。今では『妖狐の執事』、『鎌鼬の料理人』に並ぶ、立派な『狗神の番犬』だ。

「ワン公のやつ、俺が朝飯作ってるからおこぼれ狙ってるんだよ。ったく、犬が調理場に出入りするもんじゃねえって言ってんのに。しょうがねえなぁ」

「わうわう」

「まあ、あやかしだから衛生的には問題ねえけどよ。ほれ、ワカメの切れ端食うか？」

「くうん」

「なんだかいいコンビだね」

疾風からワカメをもらい、ぺろりと食べるクロスケを見て、遥は笑みをこぼした。

今までは庭園でさんぽをしていたり、テラスで昼寝をしていたり、気まぐれに過ごしていたクロスケだけど、最近は屋敷の誰かしらのそばにいることが多い。黄昏館に慣れてきたのだろう。

「クロスケくん、またねー」

「わう」

「疾風、花園の水やりしたら戻るから」

「おう、いってこい」

疾風とクロスケに挨拶(あいさつ)し、厨房(ちゅうぼう)の横を通ってテラスから庭園に出た。

するると六花以外のこぎつねも集まってきて、一気に大所帯になった。

「はるか、おはよー」

「今日もお花さんにお水あげよーね、はるかっ」

「りっかもいた。りっかもおはよー」

「うん、おはよー」

「みんな、おはよう。今日も元気だね。じゃあ、花園にいこうか」

六花が頭の上に乗ってきて、他のこぎつねたちも足元でじゃれつき、みんなで仲良く庭園を歩いていく。

花園にいく途中には水場があって、ポンプ式の井戸と古い物置がある。いつもそこからジョーロを持っていくのだけど……。

「朝から庭仕事とはご苦労なことだな。……ほら、僕が気まぐれに準備しておいてやったぞ。感謝して使え」

すでにジョーロは物置から出され、台の上に一列に並べられていた。わざわざ井戸からくみ上げて、水もちゃんと入っている。

そのジョーロの台の横に立っているのは、遥と同い歳ぐらいの見た目のあやかしだった。

夏場にも拘わらず、大きなコートを羽織っていて、その下はベストとスラックス。雅火のような屋敷勤めの格好だ。前髪が長く、右目にはモノクルをつけている。

名前は彩音。先代当主──遥の祖母である高町みすずに仕えていた、『夜雀の調律師』だ。祖母がいなくなった後、彩音は他のあやかしのもとを転々としていたのだが、色々あって先日、黄昏館に帰ってきた。今は楽器の手入れをしながら一緒に暮らしている。

「おはよ、彩音。今日もジョーロの準備しててくれたの？」

「たまたまだ。気まぐれだ。なんの他意もない」

「でも昨日も準備してくれたよね？」

遥がそう言うと、こぎつねたちも口々に頷く。

「あやねちゃん、おとといもお水入れといてくれてたよー？」

「おとといのまえの昨日もしてくれてたねー」

「うん、してくれてたっ。はるかが夏休みになってから、いつもジョーロ出しててくれてる。あやねちゃん、はるかのお手伝いがしたいんだねっ」

途端、彩音は慌てた様子で否定する。

「そ、そんなことはない！　僕がジョーロを出してるのはただの気まぐれだ。あと、あやねちゃんって言うなっ。僕は男の子だ。ちゃん付けされるのは好まないと昔から言ってるだろ、こぎつねたち！」

「えー、あやねちゃんはあやねちゃんだよ？」

「そうだよ、あやねちゃんはあやねちゃんだよ」

「あやねちゃーんっ」

こぎつねたちがしっぽを振って一斉にじゃれついていく。

「う、うわーっ⁉」

本人曰く、彩音はあやかしとしては強くない。その言葉通り、まったく抵抗できず、あっという間にモフモフの山に埋まってしまった。

「た、助けてくれ……」

右手だけがかろうじて黄色い毛皮の山から出ている。指先がぴくぴくしていた。

「セリフだけ聞くと楽しそうだけど……本人はそれどころじゃなさそうだね」

遥はぱんぱんと手を叩く。

「ほらー、みんなー、これから水やりだから彩音と遊んでないでいくよー？」

「「「はーいっ」」」

きれいに揃った返事が響き、モフモフの群が解散。こぎつねたちはそれぞれにジョーロを咥え、花園の方へ駆けていく。あとにはボロッとした感じの彩音だけが残った。

「し、死ぬかと思った……」

「無事で良かったよ……」

「すごいな、お前は。見事な統率力だ……こぎつね使いを名乗れるかもしれないぞ」

「いや名乗らないから。それにしても彩音、氷恋花の時はキリッとしてたのになんかもう面影ないね……」

「あの時は無理をしてたんだ。そういつまでも虚勢を張っていられるか」

あんまり格好良くないことを言いながら彩音は堂々と胸を張る。

夏休み前、遥と彩音は氷恋花という特殊な花を巡って対立した。その時の彩音は鋭く機転を利かせて立ち回っていたのだけれど……今となってはこぎつねのモフモフで遭難するような日々だった。

コートについた毛を払ってあげつつ、遥は自分もジョーロを手にする。程よい重さがあり、なみなみと水が注がれているのが伝わってくる。

「ジョーロ、ありがとね。でも本当、どうして毎日水を入れといてくれるの？」

「……気まぐれで他意はないと言ったはずだが？」

「まあ、言われはしたけど……」

これ以上、言葉で聞いても答えないだろう。だからじっと見つめてみる。

「……なんだ？」

「…………」

「……だ、だからなんだっ？」

「…………」

「く……っ」

落ち着かなそうに身動ぎし、彩音はコートの襟を引っ張った。そうして顔を隠し、つっけんどんに言う。

「他意はないと言ったら、他意はないっ。別に氷恋花の時にいじわるをし過ぎたから、何かお前のために出来ることがないか、と探し始めてるとかじゃないからな⁉　勘違いするんじゃないぞ⁉」

「あ、なるほど。そういうことか」

「明日はもうジョーロを準備しておいてやらないからな？　分かったなっ」

「でもまた気まぐれに気が向いたら？」

「その時は僕の自由だ。お前に止められる筋合いはないっ」

彩音はそっぽを向き、速足で歩いていく。その背中を見送りながら遥は思った。

……うーん、わかりやすい。

最初の頃の雅火も善意や好意を隠しがちだったけど、彩音はまったく隠し切れずにだだ漏れだった。見た目が少年っぽいこともあって、自然と親近感が湧いてくる。

「ねえ、彩音ー」

離れていくコートの背中に向けて、少し大きな声で呼びかけた。

「……なんだ？」

ぶっきら棒な口調なのに、律儀に足を止めて振り返ってくれる。

モノクル越しのその瞳を見て、改めて思った。

黄昏館の当主である遥は、より多くの従者を必要としている。有能な従者を従えることは黄昏館の権威に繋がり、街の調停役として大きな意味を持つ。

雅火たちと違って、彩音は遥の従者ではない。ただ黄昏館に戻ってきただけだ。だから先代当主の祖母としていたように、自分とも従者の契約をしてくれたら嬉しい。

もちろん理由は当主としての責務からだけではなくて。

氷恋花の一件が決着したのと同じ頃、親友の広瀬が転校することになり、遥は彼にお別れの挨拶をした。

旅立つ親友をちゃんと送り出すことができたのは、氷恋花の夢から戻ってきた彩音が後ろで見守ってくれたおかげだ。雅火や疾風のように強くはなくて、自らを弱いという彩音がそれでも歯を食いしばって見守りにきてくれたからこそ、遥も頑張ることができた。

彩音にはこれからもそばにいてほしいと思う。

一緒に成長していけたらと思う。だから。

「僕のためって言うなら、彩音が従者になってくれるのが一番嬉しいよー？」

素直にそう伝えてみた。

「け、契約はまた別の話だっ」

彩音は驚いた顔をし、きっぱりと断られてしまった。

うーん、嫌がってそうには見えないけど……。

なかなかすぐというわけにはいかないらしい。

彩音はしかめっ面で腕を組み、話題を変えてくる。

「従者と聞いて思い出した。……高町遥、今日、お前のところに客がくるぞ」

「え、お客さん？　僕に？」

いきなり予想外のことを言われ、思わず目を瞬いてしまう。

「調停の依頼人ってこと？」

「少し違う。詳細は本人から聞くといい。僕はお前への取次ぎを頼まれただけだ。確かに伝えたぞ？」

「あ、ちょっと彩音……っ」

一方的に言うと、彩音の体が淡い光に包まれた。

少年だった姿が一羽の雀のものとなる。羽の先がアメジストのような紫色をした、美しい夜雀だ。彩音はそのままぱっと空へ飛び立っていった。

「行っちゃった……どんなあやかしかぐらい、教えてくれてもいいのに」

まあ、事前にちゃんと取次ぎを頼むような相手なら危険なあやかしではないだろう。

まずは花園の水やりをしよう、と遥はこぎつねたちを追って花園へ向かう。

黄昏館の花園はそこまで広いものではなく、遥とこぎつねたちで水やりが行き届く程度だ。花たちは風に花びらを揺らし、今日もきれいに咲いている。

「だんだん暑くなってきたね」

手のひらで庇を作り、遥は強くなってきた日差しに目を細めた。

足元の六花がジョーロを置き、水を浴びた花にすんすんと鼻を近づける。

「お花さんたち、暑くなっても平気かなぁ」

「花は僕たちよりも暑さに強いだろうし、ちゃんとお水をあげてれば大丈夫だよ」

「ほんと？」

「うん、本当」

「じゃあ、いっぱいいっぱいお水あげなきゃねっ」

六花は張り切ってまたジョーロを咥えた。

そうしてみんなで水やりを続けていると、屋敷の方から雅火が歩いてきた。

……あれ？　珍しいなぁ。

いつもだったらこの時間は厨房に顔を出して、疾風にあれやこれやと小姑みたいなことを言ってケンカしてるのに。

「雅火、どうかしたの？　何かあった？」

「いえ、とくにこれといって用事があるわけではないのですが……」

執事はレンガの柵のところで足を止めた。

「遥様とこぎつねたちの水やりを拝見しようと思いまして。ただの気まぐれです」

「気まぐれ？　まあ、いいけど……」

なんだかどこかで聞いたような発言だった。

ジョーロの手を止め、つい首を傾げてしまう。

「ひょっとして……僕のためにできることを考えてくれてるとか？　彩音みたいに」

「私は常に全身全霊を懸け、身を粉にしてあなたにお仕えしているつもりですが？」

「た、確かに。雅火は二十四時間、僕のことを考えてくれてる気がする。だからそう怖い笑顔を浮かべるのはやめよう？　ね？」

「遥様が新しいレッスンをお望みなのかと思いまして。気遣いのマナーレッスンなどは如何です？」

どこからともなく教鞭とチェーン付き眼鏡を取り出し、準備万全になる雅火。

こっちは大慌てでだ。

「いやいやいやっ、レッスンなんて望んでないから！　鞭はしまって、鞭は！」

「ご所望ではないのですか？」

「ご所望じゃないよ!?　レッスンと称して僕をいじめたいだけだろ!?　自分からわざわざ

雅火の玩具になりにいったりしないから！」

「残念です。私の至福の時間なのですが……」

「そういう至福の感じ方は執事として本当どうかと思うよ……？」

げんなりしてジト目を向けると、雅火は教鞭と眼鏡を消して苦笑する。まったく悪びれていない。困った執事だ。

諦めて水やりを再開しようとすると、ふいにぽつりとつぶやきが聞こえた。

「夢をみたのです。少し懐かしい夢を」

「夢？」

見れば、雅火はこちらを見つめて、目を細めていた。

「ええ。そのせいか、ふと花園を見たくなったのです。あなたとこぎつねたちがいる、この花園を」

「夢って……」

遥は問いかける。答えはほぼ分かりながら。

「おばあちゃんの夢？」

「さあ、どうでしょうか。夢なので内容までは忘れてしまいました」

雅火は微笑を浮かべてそんなことを言った。

よく言うよ、と思う。雅火が珍しく感傷めいたことを口にするくらいなんだから、どんな夢だったか忘れているはずがない。

　この花園には色んな思い出がある。

　子供の頃、遥がたった一度だけ祖母と会うことができ、右手の組紐（くみひも）をもらったのがこの花園だった。こぎつねたちが生前の祖母と花を育てていたのもここだ。

　雅火が夢をみて、この花園に足が向いたというなら、それは祖母の夢に違いない。

　でも面と向かって聞いたところで煙に巻こうとすることはわかっていたし、無理に聞きだそうとも思わない。

「忘れちゃったんならしょうがないね」

　肩をすくめて、ジョーロを傾ける。

　遥の手元から涼しげなせせらぎが響き、雅火は少し意外そうな顔をした。

「出逢（であ）ったばかりの頃のあなたならば、拗（す）ねた顔で聞き出そうとしたでしょうに。日々、成長されているのですね、あなたは……」

「ん、何か言った？」

「いいえ、何も」

　執事は穏やかに首を振る。

　だがその眉（まゆ）が突然、ぴくっと動いた。表情を引き締め、正門の方を向く。

「遥様、来客のようです」

「え、お客さん？」

「はい。普段はこぎつねたちの何匹かに門の見張りをさせているのですが……」

「ぼくたち、今みんなここにいるよっ」

「というわけで、正門を素通りさせてしまったようです。気配からすると、敵意はないようですが……」

「あ、お客さんってことだったら……」

つい先ほどの会話を思い出して言う。

「彩音の紹介できたお客さんかも。取次ぎを頼まれた、ってさっき彩音が言ってたんだ」

「……彩音が？　ならば、きちんと出迎えなかったことは、こちらの不備になりますね。まったく、従者頭たる執事の私に報告がないとは、彩音には後ほど指導をせねば」

「お、お手柔らかにしてあげてね？」

雅火がほの暗く笑むのを見て、思わずフォローする。遥同様、彩音も雅火の教育を怖がっているので、こういうところは助け合っていきたい。

でも取り急ぎ、今は……。

「お客さんを迎えにいこう。雅火、先に行って、お客さんが迷わないように案内してあげて。僕もすぐに追いつくから」

そう言いながら花園の外へ向かい、レンガの柵にジョーロを置く。

だが雅火の返事より先に、別の声が遥に応えた。

「その必要はないわよ？　こうしてもうやってきたから。久しぶりね、当主の坊や」

颯爽とした足取りに合わせて揺れるのは、薔薇のような赤い髪。

エプロンドレスを着ていて、肩にはショールを掛けている。

見た目は雅火より少し上ぐらいか。西洋の民という雰囲気のあやかしが庭園樹の向こうから現れ、遥は目を瞬いた。

「え……、ミレイっ？」

知っているあやかしだった。

百年以上前、船に乗って海の向こうからやってきた野薔薇のあやかし、名前はミレイ。

彼女とは氷恋花の一件で知り合った。

遥と彩音が氷恋花を巡って対立した時、その渦中にいたのがミレイだったのだ。そもそも氷恋花は百年前に彼女と夫が種を植えたもので、ミレイは彩音の協力を得て、その所有権を主張していた。

しかしようやく咲いた氷恋花はこの土地の力を吸い過ぎて暴走してしまい、結局、最後には力を使い尽くして枯れてしまった。

思い出の花がなくなってしまい、きっと気を落としてしまうだろうと遥は心配したのだが、意外にもミレイは『まあ、これも運命よ』と、さっぱりとした顔で結末を受け入れていた。

会うのはそれ以来だったので、突然の来訪には少なからず驚いた。でも彩音に取次ぎを頼むあやかしということなら、相手がミレイなのは納得できる話だ。

「わざわざ調律師に話を通しておいたのに、出迎えもないっていうのはどういうことなのかしら？　ひょっとして、わたしは黄昏館に厄介者だと思われているの？　まあ、一度は対立した身だから仕方ないと言えば、仕方ないけれどね」

わざとらしく意地悪な顔をして、ミレイはそんなことを言う。

即座に雅火が前に出て、深々と頭を下げた。

「大変失礼を致しました。すべては執事たる私の不手際でございます。お叱りはどうかわたくしめに頂ければ幸いです、奥様」

「奥様、ね。以前も言ったかもしれないけれど、その呼び方は嫌いじゃないわ。いいわ。その呼び名に免じて許しましょう」

「恐悦至極に存じます」

満足げな顔のミレイと、折り目正しく伏している雅火。

そのやり取りを見ていて、なんだか肩の力が抜けてしまった。

「相変わらずだね、ミレイ」

赤い髪を揺らし、野薔薇のあやかしは勝気に笑う。

「元気そうで何より、って意味だと受け取っておこうかしら？」

「うん、それで間違いないよ。元気そうで何より。いらっしゃい、黄昏館にようこそ」

当主の顔で歓迎し、言葉を続ける。

「あと従者の不手際は主人である僕の不手際だ。だからごめん。事前に出迎えておけなかったことを謝るよ」

「遥様……」

「あら、きちんと当主の役目をわかっているみたいね。であれば、こっちも坊やと言ったことを謝罪するわ」

ミレイはエプロンドレスを摘まみ、すっと頭を下げる。

「安心なさいな。そもそもわたしは出迎えてもらうような柄でもないわ。それに屋敷のどこにいけばあなたたちに会えるのかは草花が教えてくれたしね」

「草花が……？　ミレイって植物の声を聴いたりできるの？」

「わたしを誰だと思っているの？　わたしは庭師。そして野薔薇のあやかしよ。それぐらいは当然でしょう？」

「へえ、すごい」

本人の言う通り、ミレイは庭師を仕事にしている。

以前に植物の蔦を操ったりしているのは見たことがあるけれど、まさか植物の声を聴いたりまで出来るなんて思わなかった。

「それで奥様、本日はどのようなご用件で？　もしもお急ぎでなければ、お茶のご用意を致しますが」

「そうね」

会話の切れ目を見て、雅火が水を向けると、ミレイは意味ありげに口元へ手をやった。考えるような間を置き、まずは雅火を見る。

「奥様という呼び方、とても気に入ってるんだけど、もういいわ。普通にミレイと呼んでちょうだい」

「？　しかし……」

「いいから。それで……」

彼女の瞳(ひとみ)は今度は遥へ向けられた。

「黄昏館の当主様、わたしはあなたをなんて呼べばいいかしら？」

「あ、そうだね。えっと……遥って名前で呼んでくれればいいよ？」

「わかったわ。だったら遥様と呼ぶわね？」

「さ、様？　なんで？」

「目上の方にはちゃんと敬意を払うわよ、わたしは。伯爵様にもちゃんと様付けをしてたでしょう？」

伯爵様というのは東の城に住んでいる、あやかしの四大重鎮のことだ。

ヴァンパイアのロレンス伯爵。確かにミレイは伯爵にも様付けしていたけど……。

「別に僕はミレイの目上ってわけじゃないよ」

「あら、今はそうでもこれから先はわからないでしょ？」

何やら意味ありげな言葉だった。

ミレイは自信たっぷりの足取りでこっちへくると、レンガの柵の前で止まった。

エプロンドレスのスカートを押さえて膝を折り、花園へ目を向ける。近くにいたこぎつねの何匹かが驚いて蜘蛛の子を散らすように距離を取った。

赤い髪をかき上げると、ミレイの耳がかすかに動く。

「暑さで少しバテてるわね」

「え、誰が……？」

「ここの花たちよ」

「花って……この花園の？」

「お花さん、元気ないのっ？」

遥が聞くのと同時に、六花も駆け寄って、ミレイに尋ねた。

庭師は仕事の顔で答える。

「あくまで少しだけよ。ただ暑さが本格的になる前に、何か世話をしてあげた方が花にとってはいいでしょうね」

慰めるようにミレィは六花の頭をぽんぽんと撫でる。つぶらな瞳がこちらを見上げた。

「はるかぁ……」

「うーん、本職の庭師に見てもらうと、やっぱり違うものなんだね」

さっき六花に大丈夫だと言った手前、とても申し訳ない気持ちになった。黄色い体を抱き上げ、優しく背中を叩いて「ごめんね」とあやす。

「ミレイ、このままだと花たちは弱っていっちゃうのかな？」

「そこまでにはならないわ。このままでも枯れることはないでしょう。ただし――優秀な庭師が面倒を見れば、むしろこれまでよりもっと華麗に花開くようになるでしょうね？」

「んん？」

なんだか既視感を覚えた。

なんだろう、この感じ……以前にも似たようなことがあった気がする。「ほんと？　お花さん元気になるっ？」としっぽを振る六花を撫でつつ、記憶のなかを探っていると、屋敷の方から大きな声が響いてきた。

「おーい、遥ぁ！　まだ花園にいんのか？　もう飯できてるぞ？」

疾風だった。少し波打った短髪が屋敷の陰からひょっこりと顔を見せ、こっちに歩いてくる。その姿を見て、遥はぽんっと手を打った。

「あ、そっか。疾風だ」

疾風が初めて屋敷にきた時もこんな感じだった。

突然、訪ねてきて、自分の技術を見せてアピールをしてきた。ということは……。

「ひょっとして、ミレイが今日訪ねてきたのって、依頼とかじゃないの？」

「あら、察しがいいじゃない、遥様」

「一応、色々経験は積んでるからね」

「気づいてくれたのなら話が早いわ」

ミレイは立ち上がり、赤い髪をかき上げる。

ちょうど疾風も近くにきたところだった。一同を見まわし、野薔薇のあやかしは堂々と告げる。

「わたしを庭師としてこの屋敷で雇ってちょうだい。働く日数はご随意に。給金は応相談。もちろん法外な要求なんてしないから安心なさいな」

やっぱり、と思った。

ミレイはさらに言う。

「氷恋花の一件の時、あなたたちを見ていて黄昏館で働くのも面白そうだと思ったのよ。仕事にはやり甲斐と日々の楽しさが必要だわ」

「そっか……」

遥は頷き、野薔薇のあやかしを見据える。

「うん、嬉しいよ。僕たちを見て、ここで働きたいって思ってもらえたなんて光栄だもの。それにこうやって来てくれた相手には分け隔てなく門戸を開きたいと僕は思ってる。でもその前に……」

一度言葉を切り、ちらっと雅火を窺って、すぐに疾風へ視線を送る。

疾風もミレイのことは知っている。今日やってきた目的も今の会話でわかったはずだ。

以心伝心、主と従者は頷き合うと、同時に動いた。

遥は雅火の前へ移動して立ち塞がるように両手を広げる。疾風もミレイのそばへ駆け寄って盾となるように構えを取った。

「雅火！　いくら自分の仕事が減るのが嫌だからって、せっかく来てくれた働き手を脅かしたりするのは駄目だぞ!?　主として許さないからね!?」

「俺の時みたいに力ずくでどうこうしようとしたってさせねえぜ!?　やるんなら俺が相手になってやる。掛かってこいよ、小姑執事！」

「……主と従者が結託して、一体、私をなんだと思っているのですか？」

すごい呆れ顔だった。遥と疾風は同時に目を瞬く。

「え、だってさ……疾風の時はすぐに機嫌悪くなって、追い返そうとしたじゃないか。だから今回もそうしようとするのかなって」

「あれは疾風が使用人を志願しながらアポイントメントも取らない無作法者だったからです。その点、奥様――いえ、ミレイは彩音を通してきちんと筋を通しております。礼儀には礼儀を返すのが執事です。追い返そうなどとは致しません」

「……本当か？　俺の時はすぐに狐火を出しまくってたじゃねえか。不意打ちしようったってそうはいかねえぞ？」

「執事とは紳士の作法を一寸の乱れなく体現するもの。女性であるミレイにこの私が術を放つようなことがあると思いますか？　常識でものを言いなさい、無作法料理人」

遥と疾風は顔を見合わせた。

なるほど、確かに筋は通ってる。二人はしぶしぶ警戒を解いた。

大柄な着物姿の後ろで首を傾げるのはミレイ。

「で、わたしは雇ってもらえるの？」

「それとこれとは別の話です」

「ほらやっぱり！」

「それ見たことかよ！」

「……なぜそう息がぴったりなのですか、遥様と無作法料理人は」

眉をしかめる雅火に対して、ミレイが前に出る。

妖狐の執事を見据えても、勝気な表情は揺るがない。

「とりあえず、話は聞いてもらえるってことでいいのよね？」

「無論です。使用人を雇うか否かを決めるには、まずは面接からですから」

「わたしはかつて伯爵様の城の庭園を整備していたわ。庭師としての実績は十分だと思うけれど？」

「私も以前、ロレンス伯爵の城に行儀見習いに出ていました。あの庭の豊かさはよく知っています」

「だったらどうして即採用にはならないの？」

「使用人に求められるのは腕だけではありません。屋敷との親和性です」

雅火の言葉には淀みがない。

「よってミレイ、あなたが当屋敷に相応しい人物かどうか、テストさせて頂きます」

はっきりと宣言し、雅火がこちらを向く。

「そういうことで宜しいですね、遥様？」

「宜しいですね、ってその言い方、もう僕の意見求めてないよね？」

「おいおい、いいのか、遥？　当主なんだからお前が一言、ビシッと言っちまえば執事の奴も偉そうなこと言えねえだろ？」

「うーん、まあ僕が言えば雅火は立ててくれるだろうし、ミレイだったら伯爵の信頼もあるからすぐ働いてもらっていい気はするんだけど……執事は従者頭だから働き手のことは雅火の意見も尊重したいんだ」

だから、とミレイへ視線を向ける。

「雅火のテスト、受けてみてくれるかな？」

「合格したら雇ってもらえるのね？」

「約束するよ。最初は試用期間だけどね」

「ええ、それで構わないわよ」

ミレイはスカートを翻し、雅火に向き直った。

貫禄（かんろく）すら感じさせる堂々とした立ち振る舞いだ。

「従者頭、テストしてちょうだい。わたしは何をすればいいの？　庭師対決でもしてあなたを倒せばいいのかしら？」

「テストといえど、女性と事を構えることなど致しませんよ」

鋭い視線を微笑で受け流し、雅火は屋敷の正面の方を手で示した。

こちらへ、と告げて、そのまま案内するように歩き出す。

「我が黄昏館には現在、専属の庭師はおりません。執事の私が代わりに日々の整備を行っています」

雅火の背を追いながらミレイは頷いた。

「でしょうね。その辺りは伯爵様から聞いておいたから知ってるわ」

「庭師のミレイには釈迦に説法でしょうが、庭を整えるという仕事には、担い手の個性が非常に強く反映されます。それは当屋敷も例外ではありません」

遥は六花を地面に下ろし、二人についていきながら『へえ、そうなんだ』と胸中で思った。

改めてまわりの風景を眺めてみると、確かに枝や芝生の一本一本に渡って長さが揃えられていて、雅火の几帳面な性格が出ているように思えた。

「ミレイ、あなたには『もしも庭師を任じることになった際、この庭園をどのように整えていくか』の青写真を示して頂きます。言葉でも絵でも結構です。あなたのコンセプトが黄昏館に適したものであれば、合格としましょう」

「つまりは私なりの庭を示せばいいのね？」

噴水のある庭園中央についた。

ミレイは前をいく雅火を追い越していく。紡がれるのは自信に満ちた言葉。

「それならば、もう示してあるわ」

両手を広げて振り返る。

その光景を目にして、遥は驚いた。

庭園が輝くように瑞々しく生まれ変わっていた。

均一に切り揃えられていた枝は自由に伸びることで青々とした生気に満ち、芝生は普段よりも厚みを増して心地良い緑の匂いを発している。花壇の花は夏の日差しに負けじと大きく花びらを開き、庭園に鮮やかな彩りを加えていた。

「すごい、屋敷の庭園にこんな顔があるなんて想像したこともなかった……」

「顔という表現はなかなかいいわね、遥様」

思わずこぼれたつぶやきにミレイは満足そうに腰に手を当てる。

「庭というものは本来、様々な顔を持っているの。それをどう引き出してやるかは庭師の感性と考え方次第よ。従者頭はこの庭園の主張を抑え、屋敷の引き立て役になるように整備をしていたみたいね？」

「相違ありません」

「でもわたしの考え方は逆。この庭園は正門を通ったお客様が最初に目にする場所。ならば生気に満ちた堂々たる顔で迎えるべきだわ」

ミレイは皆に対して、自分の右手を掲げてみせる。

「わたしには植物を操る術がある。勝手だとは思ったけど、ここを通る時にわたしなりの庭を表現させてもらったわ。行き過ぎた行為だったなら元通りにもできるけど、どうかしら、従者頭？」

「ふむ、そうですね」

雅火は形のいいあごに指を当て、思案する。

「もちろん少々勇み足の感は拭えません。けれど、それを当屋敷で働きたいという強い熱意として受け取るならば、まあ許容範囲内としてもいいでしょう」

ただし、と執事は付け加える。

「屋敷との親和性という意味において、この庭が私のコンセプトと異なる点については言及させてもらいます」

「当然でしょうね。従者頭は以前の庭こそがこの屋敷に相応しいと考え、だからこそ自己主張を抑えた整備をしていたのでしょうから」

「ミレイ、あなたはこう言いましたね？『この庭園は正門を通ったお客様が最初に目にする場所。ならば生気に満ちた堂々たる顔で迎えるべきだ』と。しかし庭園は主役ではありません。お客様をお迎えする主役は屋敷です。引き立てるべき脇役が主役より自己主張をしてしまっては道理が通らない。この点についてはどう考えていますか？」

「声を大にしてお答えするわ」

まるで指揮するようにミレイが右手を振る。すると庭園樹から葉が舞い、花壇の花がかぐわしい香りを放った。それらは遥のもとへ集い、包み込む。

「わ……」

なんだか草花たちに祝福されているような気分になった。疾風も隣で「おー」と感心している。

ミレィは恭しく微笑んだ。草花の祝福を受ける遥を見つめて。

「添え物、脇役、彩り……言い方は様々でしょうけど、それらはあくまで主役を引き立てるもの。庭園の堂々たる顔は遥様の存在感をお客様に示すためのものよ。それ以上でもそれ以下でもないわ」

それがテストへのミレィの回答だろう。

遥はやや意外に思い、同時に感心した。

ミレィはとても勝気な性格だと思っていた。疾風のように真っ直ぐで、進む道は譲らないタイプなんだと思い込んでいた。

でもそうではなかったらしい。庭師という自分の役目については強いこだわりを持っているけれど、遥やお客様への配慮をきちんと考えてくれていて、協調性がある。

自然と皆の視線は雅火に集まった。そして。

「結構です」

執事は厳かに頷いた。

「庭園は主と屋敷のためにあるもの。庭師がその道理を理解しているならば、この庭は自ずと黄昏館に馴染んでいくはずです。ミレィ、あなたを合格としましょう」

良かった、と遥は吐息をこぼした。せっかく働きたいと言ってくれたミレィを追い返したくはなかったし、屋敷に仲間が増えるのは純粋に嬉しい。

「ミレイ、これからよろしくね」

「ええ、よろしくお願いするわ、遥様」

「あ、住むところはどうする？　部屋ならたくさん空いてるよ」

「そうねえ。しばらくは通いでもいいけれど、一応、見せてもらえるかしら？」

「もちろんだよ。じゃあ、こっちきて。案内するよ！」

「主に案内されるのも妙な気分ね」

と、そんな話をしている横では、疾風が「ったくよぉ」と雅火を肘で小突いていた。

「俺の時と本当にまったく違うじゃねえか」

「使用人の採用試験とは本来、こういうものです。これを機会に己が振る舞いを鑑みなさい」

小突いてきた肘を流れるような仕草で弾く、雅火。

一方、疾風は着物の腕を組んでからかう。

「けどよ、これでますますお前の仕事は無くなりそうだな？　俺が料理をして、彩音さんが楽器をみて、今日からはあの庭師の姐さんが庭をいじるんだろ？　へへ、そのうちお払い箱になっちまうかもだぜ？」

「馬鹿なことを。様々な仕事を兼任している今の状態の方が異例なのです。そもそも黄昏館の執事——私の役目は当主たる遥様の隣で調停をお助けすることなのですから」

「ん？　そうなのか？　けどよ、ってことはそれこそ……」

疾風がこっちの方を見る。

からかい顔ではなく、純粋な疑問を浮かべた表情だ。

「遥が当主として一人前になったら、本当に執事はお役御免じゃねえのか？」

「な……にを馬鹿なことを」

雅火がちょっと虚を衝かれた顔になった。しかし平然さを装って言い返す。

「自画自賛になってしまいますが……この街において、私の『妖狐の執事』の通り名は黄昏館の代名詞。この身なくして遥様の調停は立ち行きません」

「いやだから立ち行くぐらい遥が一人前になったらって話だ。そしたら話が違ってくるだろ？」

「それは……」

珍しく雅火が言い淀んだ。おかげでこっちは慌ててしまう。

「いやいやいや、お役御免になんてならないから。たとえ一人前になったって、雅火はずっと僕の執事に決まってるじゃないか。街中から認められてた先代の当主――僕のおばあちゃんだって雅火を執事として必要としてたんだからね？」

「いえ、それにつきましては……」

フォローしたつもりが、逆に気まずそうな顔をされてしまった。

「……みすず様がご高齢だったことが大きいのです。お体に負担が掛からぬよう、私が常におそばでサポートさせて頂きましたが……実際の調停に際してはみすず様はおひとりで見事な立ち振る舞いをされておりました」

目に見えて雅火の勢いが無くなってきた。こっちはさらに慌てて言い募る。

「でも雅火の妖狐としての力は不可欠だろ？　調停には言うことを聞かないあやかしも多いからさ、力を示してテーブルにつかせるのが執事の仕事じゃないか」

「力に関してならば……遺憾ながら疾風がおります。この鎌鼬の力は妖狐の私と並び立つものでしょうから」

珍しく雅火に褒められて、疾風はちょっと嬉しそうな顔になった。

二人が仲良さげになるのはいいけど、今はそんな場合じゃない。雅火の表情がどんどんこじらせ方向に向かっている。

「遥様のことを思えば、いつか私が不要となることこそ、一人前の証なのかもしれませんね……」

「いや、そんなわけないってばっ」

「――宜しくないわね、従者頭」

ふいに口を挟んだのは、ミレイ。

つい今しがた、黄昏館の仲間となった彼女は困った顔をしつつも、貫禄を感じさせる口調で言う。

「『妖狐の執事』が台頭してきたのは、確かここ十年というところだったわよね？　城勤めや屋敷勤めの仕事はわたしの方が先達だと思うわ。だからあえて言わせてもらうけど」

確かに雅火が執事になったのは祖母が当主になった十数年前からだ。

雅火は以前、ロレンス伯爵のところで行儀見習いをしていたと言っていた。ミレイはその頃にはもう伯爵の庭を完成させていたらしいから、彼女は黄昏館で唯一、雅火より経験豊富な使用人ということになるだろう。

そのミレイは言う。

「主に弱音を吐くのは、給金を吊り上げる時だけにしておきなさいな。あとあなた、手の抜き方が雑よ。気をつけなさい」

「手の抜き方……？　ミレイ、雅火は仕事に手を抜いたりなんてしないよ」

「さっきの花園」

その一言で、雅火の体が強張ったことに——遥だけが気づいた。

「あそこに咲いていた花は水だけじゃなく、あやかしの力も養分にする品種ね？」

……え、あやかしの力を？

そんなことは初耳だった。てっきりただの花だと思っていた。けれど異議を唱えない雅火の態度が真実だと告げていた。ミレイは続ける。

「もちろん氷恋花のような特殊な力はないわ。単純にあやかしの力を水と同じように必要とするだけ。でもだからこそ、従者頭がしっかりと力を与えていたら、今のように花がバテてしまったりはしなかったはずよ。花園一つ程度、妖狐だったら簡単に賄えるでしょうに、そんなところで手を抜くのはどうなのかしら？」

苦言を呈するようなミレイの発言に対して、雅火はすぐには答えなかった。

庭園に静かな風が吹く。銀色の髪が揺れていた。

「遥様」

つぶやくように名を呼ばれた。前髪で雅火の顔は見えない。

続いた言葉はあまりに予想外のものだった。

「誠に勝手ながらお暇を頂戴したく思います」

古めかしい言い方だが、意味するところはすぐにわかった。

暇をもらう。

つまりは仕事を辞めるということだ。

遥は顔を引きつらせて「いやいや……」と声を上げる。

「何言ってるんだよ、雅火。冗談だよね……？」

「いえ……私は本気です」

雅火はひどく思い詰めた表情で、遥の言葉を否定した。

そして何かの象徴のようにネクタイを外すと、淀みなく言った。

確固たる決意と沈痛な哀しみをにじませて。

「遥様、今この時を持ちまして、私は——執事の任を辞させて頂きます」

直後、狐火が無数に瞬き、雅火の姿がかき消えた。

さすがにぎょっとし、遥は駆け出す。だが雅火のいたところにきても、馴染んだスーツ姿はどこにもいない。

「う、嘘だろ!? 雅火、こんなことで突然いなくなるなんて……っ!」

戸惑いと動揺が声となってこぼれる。

疾風とミレイも呆気に取られた様子だった。皆、執事が去ってしまったこの状況を受け止めきれずにいる。

しかしそのなかでふいに——黄色いしっぽがふわりと揺れた。

「あれえ？　みやびさま、お出かけー？」

「えっ？」

視線を下ろすと、六花がいた。

しっぽをフリフリし、こっちを見て、つぶらな瞳をぱちくりしてる。

「どうしたの、はるか？　ぼくのお顔に何かついているー？」

「あー、うん、いや………そういうことか。まあ雅火はそうだよね。まったく……」

一瞬で気が抜けた。

「……人騒がせな執事だよ」

遥はやれやれとため息をつき、六花の頭を撫でた。


「執事が出ていっただって⁉　な、なんでそんなことになったんだ⁉　一体どうして⁉」

開口一番、彩音は腰を抜かしそうな勢いで叫んだ。

ここは屋敷の食堂。

雅火が去った後、遥はすぐにこの食堂へやってきた。まずは彩音に今の状況を話そうと思ったからだ。

一匹オオカミっぽく振る舞っている彩音だけど、独りぼっちは嫌なようで、食事の時は毎回ちゃんと食堂に顔を出す。予想通り、扉を開けると、誰も朝食を摂りにこないことを不思議に思い、所在無げにしているコート姿があった。

遥から状況を聞き、彩音はおろおろと視線をさ迷わせている。

「僕はこんな事態にしたくて庭師の取次ぎをしたんじゃないぞ⁉　執事は昔から忠義のためには手段を選ばないような男だ……っ。それが出てくなんてよっぽどのことだぞ⁉」

一緒についてきたミレイも申し訳なさそうな顔で答える。

「わたしもつい言い過ぎたって反省してるところよ。正直、従者頭の弱音はどうでもよくて、花園の手抜きに対して一言言いたかっただけなんだけど……それがこんなことになるなんて、調律師の坊やにもせっかく話を通してもらったのに悪いことをしたわ」

「坊やって言うなっ。この屋敷じゃ僕の方が古株なんだからな？　上下関係はきちんとしてもらわないと困るぞ。年上面で上から物を言ってくるのは執事だけで十分だ！」

「おいおい、彩音さん！　んなこと今はどうでもいいだろ⁉　それよかあの野郎がどうしていなくなったかだ！」

疾風が大声を出した途端、彩音はビクッと背筋を伸ばして耳を塞いだ。

正体が雀のせいか、彩音は大きい音を苦手にしている。なかでも疾風の大声は駄目らしい。

「……お、落ち着け、鎌鼬。そんな大声を出さなくても切迫した状況なことは僕も理解している。だから落ち着いて、大きな声は出さず、冷静に会話しよう」

面と向かって苦手と言うのは悔しいらしく、彩音は平静を装おうとしていた。しかしそこへ疾風がぐいぐいと迫っていく。

「いや落ち着いてなんていられねえって！　あの小姑執事が出ていくなんてよっぽどのことだぜ⁉　彩音さんもあいつと同じで遥の祖母さんに仕えてたんだろ？　なんでいきなり出てったのか、心当たりとかねえか⁉」

「近い！　そんな耳元で叫ばなくても聞こえてる……っ」

「なんだって？　わりぃ、聞こえなかった。彩音さん、今なんて言ったんだ⁉」

「疾風、ストップ。彩音が生まれたての小鹿みたいになっちゃってるから。ね？」

ぽんっと着物の胸を叩いて止めさせた。

いつの間にか彩音は襟を立て、コートのなかへ潜るようにして体育座りしている。

「彩音、もう疾風は大きな声出さないから大丈夫だよ」

「うぅ……高町遥、頼もしいな、お前は」

「一応、みんなの主だからね」

苦笑すると、疾風とミレイが交互に口を開いた。

「いや遥、なんでそんなに落ち着いてんだよ？　執事が出てっちまったんだぜ？」

「そうよ。すぐに捜しにいかないと。わたしも初日から従者頭を追い出したなんて寝覚めが悪いわ」

みんな、完全に浮足立っていた。普段、雅火とケンカばかりしている疾風ですら動揺している。まあ、疾風はもともと情に厚くて仲間思いだから不思議じゃないけれど。

むしろ平然としているこちらの方がみんなからは不可解なようだ。でも……。

「とりあえず色々するのは朝ご飯を食べてからにしよっか」

そう言って、彩音の隣に座る。疾風が目を丸くした。

「め、飯?」

「うん。せっかく疾風が作ってくれたんだし、食べないともったいないでしょ?」

「遥様、もしかして……怒っていたりするわけ? 突然、出ていった従者頭に対して」

「まさか。そんなことないよ。こう言ったらなんだけど……」

少し行儀が悪いけど、テーブルに頬杖をつく。

窓の向こうを見れば、花園の水やりを終え、噴水で水遊びをしているこぎつねたちの姿があった。六花も食堂には連れてきていないので、そのなかに交じって遊んでいる。

こぎつねたちは楽しそうに遊びつつ、時折、チラッチラッとこちらを見てくる。まるで誰かに『食堂の方を見なさい』と言われているように。

その視線を受け止めながら、遥は言葉を続けた。

「雅火のことは僕が一番わかってるから。みんな、なんの心配もいらないよ」

だからまずは朝ご飯ね、と遥は皆を促した。どこか頼もしさすらある言葉に感じるものがあったのか、不可解そうにしながらも皆、理解を示してくれた。

ミレイも交えて朝食を摂り、疾風の淹れてくれたお茶を飲みながら、遥は彩音にいくつか質問をした。祖母がいた頃の雅火に関することだ。そうして当たりをつけ、午後になってから大ぎつねに狐車を出してもらい、屋敷を出た。

遥がやってきたのは、街の東側。

あやかしの結界のなかに建てられた、大きな城。

東を治める四大重鎮、ロレンス伯爵の城だ。

挨拶をすると、伯爵はこちらの来訪を予期していたように歓迎してくれた。城の主の許可を得て、遥は庭園の一角の温室へと足を運んだ。

ガラス張りの天井の下、海外産らしき植物が大きな葉を茂らせている。緑の匂いがとても濃く、まるで熱帯雨林を歩いているような気分だった。

咲いている花もカラフルで、生命力の強さを感じさせる雰囲気は黄昏館でミレイが整備した庭と通じるものがあった。

「さてと、伯爵の話だとたぶんこの辺りだと思うんだけど……」

ここは温室中央の薔薇園。まわりには燃えるような赤い薔薇が咲き誇っている。天井には他の植物の葉も生い茂っていて、死角が多い。

おかげで捜し人の方が先にこちらに気づいたらしく、通路の外から驚いたような声が聞こえてきた。

「は、遥様？　なぜこちらに……っ」

もちろん雅火の声だ。どうやら薔薇の花壇のなかにいたらしい。天井からの葉をかき分け、見慣れた銀髪が現れる。

「なぜじゃないよ、雅火。まったく、人騒がせな……え？　あれ？」

思わず二度見してしまった。

薔薇を踏まないようにしてこっちへきた雅火は、いつものスーツ姿ではなかった。ジャケットを脱ぎ、ノーネクタイのワイシャツを腕まくりしている。

自慢の銀髪には麦わら帽子を被り、網目の間から狐の耳が出ていた。履いているのは革靴ではなく長靴で、いつもの白手袋も軍手になっている。

なんていうか、がっつり庭仕事中みたいな格好だった。

それでも美男子ぶりが損なわれていないのはさすがだけれど。

「雅火って結構形から入るよね……」

驚きも程々に遥は手招きをした。こっちにきて、と。

雅火は素直に花壇から出て、通路の方へやってきた。意外に麦わら帽子の似合う妖狐を見つめて、遥は尋ねる。

「庭仕事の特訓中？」

「……左様です。遥様はいつの間にこちらへ……？」

「大ぎつねに送ってもらったんだ。こぎつねたちが僕から目を離した隙にさっとね。僕が会いにくるとわかったら、雅火はバツが悪くて隠れるかもしれないし」

「……見事なご判断です」

こぎつねたちは雅火の眷属なので、見聞きしたものが雅火に伝わる。

だから雅火が消えた時、そばに六花がいてピンときた。過保護で、心配性で、世話焼きなこの執事が主を置いてどこかにいってしまうなんてあるはずない。

雅火は執事を辞めるといいながら、こぎつねたちを通して、ちゃんとこちらの様子を見守っていたのだ。

そうとわかれば、雅火の考えていることなんて、すぐに理解できた。

「屋敷の仕事を一から学び直そうとしたんでしょ？　庭園をミレイに任せるのはいいとして、花園のことを見抜かれたのが悔しかったんだね？」

「…………」

雅火は無言で視線を逸らす。

けれどやがて麦わら帽子を取ると、重々しく口を開いた。

「……遥様、一つだけ弁明をお許し下さい。花園の花々について、私は──」

「あのね、雅火」

胸に指を突きつける。

「それに関して弁明する必要があると思う？　雅火は手抜きをしてたんじゃない。僕とこぎつねたちのためにあえて花に手を加えずにいたんだ。あの花園はおばあちゃんとの思い出の場所だから」

「お気づき……でしたか」

「怒るよ？　お前が仕事に手を抜くような執事だと、僕が誤解すると思った？」

視線と語気を少しだけ強める。

花園の花があやかしの力を必要とする品種だとすれば、確かに雅火が世話をするのが一番理にかなっている。

でもあの花園は祖母とこぎつねたちが一緒に花を育てていた場所だ。

だから雅火はあえて手を加えなかった。こぎつねたちもあやかしの力は持っているので水と一緒にそれを少しずつ与えて、やがて美しい花が咲く。

そこに意味があると、雅火は考えてくれたんだろう。

何も知らないミレイが手抜きだと勘違いするのは仕方がない。けれど執事を信頼している主はすぐに気づいた。だから弁明なんて必要ない。

雅火は困ったように苦笑し、深々と頭を下げた。

「……申し訳ございませんでした。私としたことが、不要な弁明で危うく主を侮辱してしまうところでした」

「わかればいいよ」

わざと偉そうに胸を張ってみた。

雅火は顔を上げ、さらに苦笑を深める。

「よもや遥様に叱られてしまう日が来ようとは……」

「執事冥利(みょうり)に尽きるんじゃない？」

「とんでもない。むしろいささかプライドが傷つきました。半人前の遥様に叱られたとあっては『妖狐の執事』の名が泣きます」

軽やかな憎まれ口。だいぶ調子が戻ってきたみたいだ。

今さら言うことでもないけど、雅火は万能の執事だ。

料理は本職の疾風と対決できるくらいの腕前だし、彩音が調律師として戻ってくるまでは楽器の面倒もみてくれていた。

庭師としての技量だって、たぶんベテランのミレイに引けを取らないだろう。

それでも本人としては納得できなかったらしい。

「今にして思えば、黄昏館の花園には外部から不調を看破されないような結界を敷いておくべきでした。今回、見抜いたのが新たな使用人のミレイだったから良かったものの、これがお客様などであったなら、それこそ黄昏館の名に傷がつきます」

「でもミレイがそれだけすごい庭師だったってことじゃない？」

「もちろん一目で花の品種と力の過不足を見抜く庭師などはそうそうおりません。純粋にミレイの手腕を評価すべきところでもあるでしょう。けれど、それとこれとは別の話です。私に隙があったことは紛れもない事実なのですから」

「それで……伯爵のところに行儀見習いさせてもらいにきたんだね」

姿を消した時の様子から考えて、自分を鍛え直したいんだろうとはすぐにわかった。

それで執事を辞めるとか言い出すのが雅火の極端なところだけど、六花やこぎつねたちがいたから、自分が納得できたら帰ってくるんだろうとも予想できた。

迎えに来るのを午後にしたのは、雅火にも頭を冷やす時間が必要だろうと思ったから。

彩音に確認を取ったのは、雅火が特訓するような場所はやっぱり伯爵のところだろうということ。それから大ぎつねはこぎつねたちと違って、雅火と感覚を共有してないこと。

それらを確認し、こぎつねたちの隙を見て、さっとここにやってきたという次第だ。

「で、もう気は済んだ？」

「いえ」

執事は当たり前のような顔で答える。

「ここで薔薇に触れていて庭仕事の奥深さを再確認致しました。私にはまだまだ学ぶべきことがあるのかもしれません。料理や楽器の調律についても私の知らぬ深淵（しんえん）があるのではと思われます。ですので、あと十年ほど行儀見習いとしてこちらでご厄介になろうかと」

「え、嫌だよ⁉　駄目だよ⁉　何言ってるのさ⁉」

「冗談です。これ以上、あなたを放ってはおきませんよ」

麦わら帽子がふわっと頭に載せられた。

「城の外に出ましょうか。お付き合い願えますか？　遥様と共に行きたいところがあるのです」

被せられた麦わら帽子のつばを上げ、執事の微笑を見上げて頷(うなず)く。

どこだっていくさ、雅火と一緒ならたとえ地平線の向こうにだって。

伯爵にお世話になったお礼を二人で言い、雅火は長靴を革靴に履き替えて、一緒に城を出た。

大ぎつねは先に屋敷へ帰し、雅火に連れてこられたのは高台の上の公園だった。

柵(さく)と東屋(あずまや)があるだけの小さな公園だ。高台だから人気(ひとけ)もなくて、街のなかのエアポケットのような場所だった。

でも景色は素晴らしい。柵の向こうには東側の海が一面に広がっている。夏の日差しのなかで白い波が水飛沫(みずしぶき)を上げて輝いていた。

「いい景色だね。黄昏館に住む前はずっと東側にいたけど、こんな場所があるなんて知らなかったよ」

「お喜び頂けて何よりです。実は昔、伯爵のもとで行儀見習いをさせて頂ている時に、たまたま見つけた場所でして」

「へえ、何か思い出があるところなの？」

「いいえ、何も」

「何も？　でも僕と来たかったんだよね？」

海風に飛ばされないよう、麦わら帽子を押さえながら尋ねる。

雅火は隣に立って「ええ」と頷いた。

「ですから、思い出の場所にしたかったのです。あなたと私だけの」

「あ……」

今回の事の発端は、屋敷の花園。

あそこはこぎつねたちだけではなく、遥と祖母にまつわる思い出の場所でもある。

だから雅火も欲しくなったのだろう。

遥と自分だけの思い出の場所を。

「意外。雅火がそんな嬉しいことを素直に言ってくれるなんて」

「叱られ損では堪りませんから。あなたの甘え上手にあやかって、私もたまには甘えさせて頂こうと思いまして。いけませんか？」

「いいや、いいよ。とってもいい」

遥はご機嫌で柵にもたれかかる。

「じゃあ、この高台は僕と雅火の――仲直りの思い出の場所だね」

トンッとワイシャツの胸を叩く。

「家出は終わりだよ。帰ってきて、雅火」

「仰せのままに」

雅火は恭しく頭を下げる。

ふと思いつき、目の前にきた銀色の髪を……さらっと撫でてみた。

「遥様？」

「あのね、雅火」

心のなかに浮かんだ気持ちを拾い上げるように、ゆっくりと言葉を紡ぐ。

「今回のことで思ったんだ。雅火が突然家出しちゃって、一瞬驚いたけど、みんなが慌てているなかで僕だけはすぐに大丈夫だってわかって……そんな自分が嬉しいような、誇らしいような、でもちょっと恥ずかしいような気持ちになって……」

海風が吹いていた。

穏やかな風が遥の前髪と雅火の銀髪を静かに揺らす。

「おばあちゃんは雅火のことを『旅の杖』って言ってたんだよね？　同じように僕は雅火を自分の右腕だって考えてた。でもね、今回のことがあって、ちょっと違うなって思ったんだ。あのね……」

慈しむように髪を撫でながら囁く。

まばゆいほどの日差しのなか、二人だけの高台で。

「雅火は、僕の家族だ」

以前、広瀬や上森が遊びにきてくれた時、二人に対してそう言ったことはあるけど、本人に言うのははじめてだった。

手のひらを通じて、かすかな震えが伝わってきた。

目には見えないくらいの本当に小さな震えだ。でもわかる。こうして触れているから。

「あなたは……どれだけ私を虜にすれば気が済むのですか」

「虜になってたの？」

「とうにお気づきでしょうに。みすず様を失った哀しみさえ埋め尽くすほど、私の心はもうあなたでいっぱいです」

髪に触れている手を取り、雅火は顔を上げた。

「一つ、お願いが」

「なあに？」

「私にネクタイを巻いて頂けますか？」

いつの間にか、遥の手にはネクタイが握られていた。雅火の仕業だろう。庭仕事をしていたから目の前のワイシャツにはネクタイが巻かれていない。確かに、見慣れないこの姿はなんだか落ち着かなかった。

「いいよ。じゃあ、ちょっとしゃがんで？」

雅火が屈み込み、その襟にネクタイを通す。

学校の制服でいつも自分に巻いてはいるけれど、人にするとなるとなかなか難しい。でもどうにかちゃんと巻くことができた。

待っている間、雅火は静かに瞼を閉じていた。

最後にネクタイの形を整え、遥は手を離す。

「出来たよ。これでいい？」

「ありがとうございます」

「ひょっとして、おばあちゃんにもネクタイ着けてもらったことがあるの？」

「いいえ」

雅火は自分の胸元に触れる。

「こうして巻いて下さった相手は、あなたが初めてですよ」

なんだかひどく嬉しそうだった。

表情も心なしかいつもよりずっと柔らかい。

「おかげさまでこの高台がより一層、思い出深い場所となりました」

「そっか。だったら良かった」

遥も嬉しくなって頷き、「あ、そうだ」と口を開く。

「ミレイにはこれから屋敷の庭を任せるけど、あの花園は……これからも僕とこぎつねたちでみていこうと思うんだ。ミレイにはちょっと申し訳ないけど、やっぱりあそこは特別な場所だから」

「ええ、宜しいかと思います」

「でさ、雅火も手伝ってよ」

「私も？」

「僕とおばあちゃんとこぎつねたちにとって大切な場所は、雅火にとっても大切な場所でしょ？」

雅火に力を分けてもらえば、花ももっと元気になるし、一石二鳥だ。

でも昨日までの雅火だったら断るだろうなって思う。

「あの花園は遥様とみすず様の思い出を繋ぐ場所……ゆえに私も踏み入らないようにして参りました」

けれど、とまたネクタイに触れる。

「思い出というものは新たな思いによって、より深くなっていくのかもしれませんね。あなたが求めて下さるのならば……私もお手伝い致しましょう」

「やった。本当？」

「はい。なんといっても――」

雅火は微笑んだ。

今までで一番自然で優しい、柔らかい笑顔で。

「――家族の頼みならば断れません」

高台の下から風が吹き、麦わら帽子が飛んでいった。どこか吹っ切れたような執事の気持ちを表すように高く高く、どこまでも飛んでいく。

二人は海へ向かう麦わら帽子をいつまでも見送った。

海風の爽(さわ)やかな、夏の日のことだった。

第二話　鎌鼬の料理人はもう泣かない

高町遥は思う。

疾風が料理人を志した理由。それについては以前、従者の契約を結んだ時に知る機会があった。

長年、風来坊として旅をしていた疾風はある時、森でイタチの群に出逢った。

彼らは動物があやかし寄りになった存在で、疾風と同じように風を操ることができた。けれど元が動物なので、疾風のように上手くは風を扱えない。森には乱暴なあやかしがたくさんいて、群はいつも縄張りを荒らされていた。

そこで疾風は彼らに風の使い方を教えてやることにした。同時に群を率いて東へ西へ奔走し、あやかしたちを追っ払った。

誰かの役に立てているという実感は疾風の心を満たし、自分が強いあやかしとして生まれてきたのはこのためだと思ったという。

けれど、その日々はやがて終わりを告げてしまった。

疾風に連れられて森中を駆けずり回り、いつしかイタチたちは疲れ果ててしまっていたのだ。

小さなイタチの子供がぽろ……と涙をこぼす。

お腹空いたよぉ……、と。

消え入りそうなつぶやきを聞いて、疾風は自分が間違っていたと気づいた。

嵐のような後悔が胸に溢れる。

守っているつもりでその実、自分はずっと仲間たちを傷つけていたんだ、と。

群が必要としていたのは、敵を倒すための強い手じゃない。

お腹を空かせた子供を満腹にしてやれる、優しい手。それこそが必要なものだったはずなのに――。

その後、疾風は乱暴なあやかしたちを決死の思いで叩き伏せ、もうイタチの群には手を出さないと約束させた。それからありったけの食べ物をかき集めてイタチの群に渡すと、自分は森から立ち去った。

料理人を志したのはこの頃からだという。

もう間違えない。目の前に困っている子供がいたら、強い力で泣かしてしまうのではなく、満腹にして笑顔にしてやる。

そう決意して疾風は料理人を目指し、その道の先で黄昏館に辿り着いた。

遥は思う。

夏祭りの夜、瞬く星空の下で——改めて、疾風のことを想った。

疾風は今、黄昏館の料理人として、毎日腕を振るってくれている。

美味しいよ、と言う度、疾風は心底嬉しそうな顔で笑ってくれる。

その笑顔が遥はとても好きだった。

だけど。

疾風が料理で満腹にしてあげるべき相手は、きっと他にもいる。

今こそ自分が疾風の背中を押してあげなきゃいけない。

そのためだったら、僕は——。


屋敷の執務室で遥は書類仕事に励んでいる。

執務机には大量の書類が積んであり、処理しても処理しても横にいる雅火が次々に新しい書類を積んでいく。いつもならため息の一つもつきたくなる仕事量だった。けれど今日の遥はへこたれない。

「もう一息ですよ、遥様」

「わかってるっ。今日中には絶対終わらせるよ。なんてたって、明日は上森たちと約束してるんだから！」

明日は街の西側で夏祭りがある。

古い神社の境内で盛大な縁日が開かれるのだ。

遥は夏休みに入る前から、友人の上森をはじめとしたクラスメートたちとお祭りにいこうと約束していた。だから何がなんでも今日中に仕事を終わらせなくてはならない。

「その意気ですよ。この書類チェックは夏祭りの安全な開催のためのものでもありますから。遥様の頑張りは無駄ではありません」

「まさか楽しみにしてた夏祭りの責任者になるなんて思ってもいなかったよ」

そう言いながら書類に黄昏館の承認印を押す。

今、チェックしている書類はすべて夏祭りに参加するあやかしたちの申請書だ。

たとえば出店としては河童(かっぱ)の金魚すくいや海坊主のたこ焼き屋、のっぺらぼうのお面屋さんに女郎蜘蛛(じょろうぐも)の綿菓子店など、百件以上。他にも空中神輿(みこし)を担ぐカラス天狗(てんぐ)たちの参加者リストもあれば、当日の警備をする青鬼たちの名簿もある。

遥も今回初めて知ったのだが、この街では人間たちが夏祭りをしている傍らで、あやかしたちも同時に夏祭りを開催している。

当日はあやかしの結界が張られ、大部分のあやかしはそのなかで祭りを楽しむ。しかしなかには普段から人間に化けて商売をしているあやかしもいて、彼らは人間側の縁日に参加するという。

よって夏祭り当日は多くの人間たちとあやかしたちが行き交う。

街の平穏を司る黄昏館としては、祭りの運営に関わるあやかしたちはすべて把握しておかなくてはならない。よって当主の遥は申請書類のすべてに目を通しておく必要があった。おかげでこの大忙しだ。

ちなみに街の西側は青鬼たちの集団の『青鬼組』が治めている。今回の夏祭りも青鬼組の仕切りで、黄昏館と協力し合って安全な開催を目指す形だ。青鬼組とは以前に調停で関わってから何かと交流があり、この辺りの連携はスムーズだった。

「よーし、これで最後の一枚！　雅火、追加は⁉」

「ございません。これにて申請書類のチェックは完了です。よく頑張りましたね、遥様」

「やったー！　これでみんなとお祭りにいけるぞ」

バンザイをした拍子に書類の何枚かが床に飛んでいった。

いつもなら雅火がお小言を言うところだけど、今回ばかりは苦笑を浮かべるだけで「仕方のない方ですね」と書類を拾ってくれる。

そんなやり取りをしていたら、ふいに大きな足音が響いてきた。

歩き方の雰囲気だけでわかる。疾風だ。

「おーい、遥！　大変だ大変だっ。一大事だぜ！　どこにいる？　ここか？　おう、やっぱりここだった！」

すごい勢いで扉を開くと、着物の袖口を腕まくりしながら駆け込んできた。

途端、雅火の眉がつり上がる。

「なんですか、騒々しい。主の執務室にノックも無しに入ってくるなど、無作法の極み。入室からやり直しなさい」

「うっせえなぁ。今はお前の小姑っぷりに付き合ってる暇はねえんだよ。俺は遥に急ぎの話があるんだ、遥に」

「ですから主たる遥様にお話があるのなら最低限の礼は尽くしなさいと言っているのだ。仮にもお前も従者でしょう？　粗暴な言動については私も大概諦めましたが、黄昏館に住まうものとして最低限の礼節は――」

「だーっ、わかったわかった！　じゃあこれでいいだろ、ほらよ！」

疾風の瞳が青く輝き、指先から小さな風の塊が生まれた。開けっ放しの扉へ飛んでいき、コンコンコンッと軽快な音を立てる。

鎌鼬の疾風は風を操る。これくらいはお手の物だ。疾風は「どうよ？」と雅火に胸を張る。

「ちゃーんとノックしたぜ？」

「誰がトンチを利かせろと言いましたか？　……いいでしょう、そこに直りなさい。その礼儀知らずぶりはこれ以上看過できません。今日という今日は従者頭として徹底的に教育を施します！」

「お？　本腰入れてやるってのか？　……いいぜ、そういうことなら相手になってやる。『鎌鼬の料理人』と『妖狐(ようこ)の執事』、どっちがこの街のてっぺんか白黒つけてやろうじゃねえか！」

雅火のまわりに狐火が出現して銀色の髪を照らし、疾風の周囲に風が巻き起こって着物の襟をはためかせる。

二人は視線で火花を散らし、映画か何かの最終決戦のような雰囲気だ。

でももちろんそんなことはさせられない。

遥は「はいはい」と手を叩(たた)き、二人の間に割って入る。

「料理人も執事もてっぺん争うような職業じゃないから。ほら、疾風が風起こすから書類が飛んじゃったじゃないか。雅火も狐火で書類が燃えたらどうするのさ？　はい、二人とも術止めて。ケンカは禁止！」

「しかし、遥様……っ」

「けどよ、遥……っ」

「禁止って言ったら、き、ん、し！　当主命令だよ？」

言い含めるように二人を交互に睨(にら)むと、狐火と風は勢いを無くして消え去った。

疾風が屋敷にきた当初はケンカの度に大慌てさせられたが、毎度のことなのでいい加減慣れたものだった。

「はい、床に飛んだ書類をみんなで拾うよ。青鬼組に送り返すものだから汚さないようにね」

「……逞(たくま)しくなられましたね、遥様。正直、無作法料理人とひとまとめに扱われている気がして、微妙に釈然とはしませんが……」

「……最近はだんだん貫禄(かんろく)も出てきたよな、遥。正直、小姑執事と同じ扱いは微妙に納得したくねえけどさ……」

　ぶつぶつ言いながらも従者二人は一緒に書類を集める。そうしてあらかた拾い終わったところで遥は水を向けた。

「それで疾風、なんか僕に話があるみたいだったけど、どうしたの？」

「――っ！　そうだった！　こんなのんびりしてる場合じゃねえんだよっ」

　疾風は持っていた書類を雅火にずいっと押しつける。途端に雅火の眉がつり上がったので、遥は「まあまあ」となだめつつ、自分も書類を執務机に置いた。

「なあに？　急用なの？」

「急用も急用だ。遥、知ってるか？　明日よ、街の西側で夏祭りがあるんだってよ！」

　思わず、きょとんとしてしまった。

「うん、知ってるよ？　今、疾風が拾ってくれた書類もそのお祭りのものだし」

「本当かよ。水くせえな、なんで教えてくれなかったんだ？」

「え？　お祭りにいくから明日はご飯いらない、って朝に言わなかったっけ？」

遥の食事は朝昼晩と疾風が作ってくれている。でも明日は上森たちと縁日で食べることになると思うので、今朝、ちゃんと言っておいた。

疾風はそれに思い至ったらしく、「あーっ、そういうことか！」と自分の頭を叩いた。

「や、朝に聞いた時はよ、人間だけの祭りだと思ってたんだよ。俺がちゃんとダチになった人間は遥が初めてだから『ああ、人間の祭りがあんのか』って感じで、俺とは縁遠い話だと思ってたんだ」

「ダチ、などと品性のない表現はやめなさい。そもそも遥様はお前の主でしょうが」

「や、僕は嬉しいけど？」

「またあなたは疾風を甘やかして……」

話がちょっと横道に逸れそうになった。でも疾風は珍しく雅火のお小言には乗らず、話を続ける。

「でよ、明日の祭りにはあやかしも参加できるんだろ？　庭師の姐さんがさっき教えてくれたんだ」

「ミレイが？　ああ、そっか」

彼女は海の向こうからやってきて、もう百年以上、この街にいる。夏祭りのことも当然知っているだろう。

ちなみにミレイは昔から街の東側に居を構えているそうで、今はそこから屋敷に通ってくれている。見た目や精神年齢も雅火と疾風の上くらいで、ちょうどいい距離感で屋敷のみんなと接してくれていた。たぶん今も庭園の方で庭仕事をしているはずだ。

そのミレイから祭りのことを聞いたという疾風は、こちらの肩に手を置き、勢い込んで言う。

「俺も出店を出すぜ！　鎌鼬の料理人、疾風の渾身の出店をよ！」

「疾風の……出店？」

「おうよ！　人間もあやかしも関係なく、この街の奴らに飯を振る舞ってやるんだ」

「あー、なるほど……」

明日の夏祭りには人間とあやかし両方のお客さんが山ほどくる。この機会に疾風が腕を振るいたくなるのも頷ける話だった。

そういうことだったら……。

遥は思案し始める。しかし考えがまとまる前に雅火が大げさにため息をついた。

疾風に押しつけられた分の書類も合わせて執務机に置き、執事は顔をしかめる。

「何を言うかと思えば……出店など出せるわけがないでしょう？　祭りの日はあやかし同士の喧嘩沙汰が多く、現場での調停が頻発します。試用期間のミレイはともかく、黄昏館の人員は全員、青鬼たちと連携して見回りをするのが慣例です」

「えっ」

「なんだと……っ」

疾風だけではなく、これには遥も目を剝いた。

「ちょ、ちょっと待ってよっ。見回りって……僕、上森たちと約束してるんだけど⁉」

「いえ、落ち着いて下さい。見回りはしなくてはなりませんが、遥様には……」

「上森たちと遊べないのに山ほど書類仕事させてたの？　だったら僕にも考えがあるぞ⁉　疾風、やっちゃえ！　僕が許可する。雅火におしおきだ！」

遥の宣言を聞き、疾風は「よっしゃ」と拳を打ち鳴らした。

「俺だけならまだしも、遥の楽しみまで無下にするのは違うぜ、小姑執事。お前はそんな奴じゃなかったはずだ。覚悟しろ、俺が目を覚まさせてやる！」

「そうだよ、雅火。目を覚ませてもらうんだ！」

「いえ、ですから……ああ、まったく。一切聞く耳がありませんね、二人とも」

頭痛を堪えるような顔をすると、突然、雅火は高らかにパンパンッと手を叩いた。

すると開けっ放しだった扉からこぎつねたちが駆けてきた。

「はーい、みやびさまー。さっき届いたお荷物持ってきたよー」

こぎつねたちは一塊になってその背に大きな桐箱を乗せていた。

見覚えがある。あれはたぶん『あやかしの仕立て屋』の友禅さんのところの……。

雅火はこぎつねたちの背から受け取ると、桐箱を開いてみせた。

「先ほど、仕立て屋から届いた品です。ご確認下さいませ」

優雅な手つきで品物が取り出される。

ふわりと舞うように現れたのは、爽やかな青空色の浴衣。

柄はきめ細かい麻の葉の模様。青の爽やかさと相まって、少年らしさと大人びた落ち着きを見事に調和させている。職人が丹精込めて仕立ててくれた逸品だと、一目でわかる出来だった。

「雅火、これって友禅さんが……？」

「ええ。あなたのための浴衣ですよ。これをお召しになって、どうぞ上森様たちと祭りの夜を楽しんで下さい」

「いいの……？」

「祭りは人間側のものと、あやかし側のものに分かれます。遥様は人間側の見回りをご担当頂ければ結構です」

「あ……」

そっか、と思った。

雅火が言うには祭りの警備自体は青鬼たちがやってくれるので、小さないざこざ程度ならば、彼らの方で処理してくれるらしい。

ただし青鬼たちはやたらと短気で喧嘩っ早い。遥も一度、青鬼の若頭にハンマーで潰されてしまいそうになったことがある。

なのでこじれそうな喧嘩沙汰があった時、青鬼たちが騒ぎを大きくしてしまう前に割って入るのが今回の黄昏館の仕事だそうだ。

「とはいえ、人間側の祭りに参加しているあやかしたちは立ち回り方というものを心得ています。そうそう、遥様の出番などはやってこないでしょう」

執事は胸に手を置く。

「あやかし側の祭りは私が中心になって見回ります。普段、執事は調停自体には口を挟みませんが、祭りの仲裁程度ならば構わないでしょう。あやかし側で何かあっても私が処理しますので、遥様のご心配には及びません」

「雅火……」

「どうか良き夜をお過ごし下さい。そして今後ともご安心を。ご友人と楽しい時間を過ごそうとするあなたの頑張りを私は無下には致しません」

家族ですから、と雅火が続けたのがわかった。言葉にはしていないけど、確かに伝わってきた。

浴衣を受け取り、遥は口元を綻ばせる。ちょっと泣きそうになってしまった。

「ありがと。いつも仕事が一番って顔してるくせに、本当はいつも僕のことを一番に考えてくれてるんだから……雅火のそういうところ、大好きだよ」

「私は当然のことをしているまでですよ」

雅火は目を細めて微笑む。とても優しくて、温かい笑みだった。

その肩に肘（ひじ）を乗せるのは疾風。兄貴肌の鎌鼬（かまいたち）は自分のことをそっちのけで喜んでくれた。

「良かったな、遥。上森たちとめいっぱい楽しんでこいよ。……へへ、小姑（こじゅうと）執事も良いところあんじゃねえか。ま、俺はお前がそういう奴だってわかってたけどな？」

「勝手なことを……。目を覚まさせてやるなどと息巻いていたのはどこの誰ですか」

肩を払って、雅火は疾風の腕をどけさせる。相変わらずのやり取りに遥は苦笑した。

「ありがと、疾風。もちろん思いっきり楽しんでくるよ。でも……僕だけお祭りで楽しい思いをするなんて、そんなのはやっぱり嫌だからね」

そう言って、遥は思案する。

……雅火があやかし側の祭りを見回って、僕が人間側の祭りを見回る。となると……あ、そうだ。

名案が浮かんだ。浴衣を桐箱へ丁寧にしまい、遥は執務机の方へいくと、バラバラになった書類の山をかき分ける。

程なくして目当てのものを見つけた。

当日の縁日の設置図。

まず中心に神社があって、境内に向かう参道は表と裏の二つある。このうち表通りが人間側の縁日が並ぶ場所だ。

一方、表通りと並ぶようにひっそりと横にあるのが裏通り。たぶん普段は人通りもなく、なぜこんな道があるのか、普通の人にはわからないような道だと思う。

この裏通りに結界を張り、あやかしたちは祭りを行う。縁日が並び、カラス天狗（てんぐ）たちの空中神輿（みこし）もここを通る。

よく見ると、表通りと裏通りは境内の階段の前で合流している。いわば、祭りの陰と陽が交わる場所だ。

「うん、ここがいい。――雅火、ここに疾風の出店を出そう」

「なに？　い、いいのか、遥⁉」

雅火が返事をする前に、疾風の方が身を乗り出してきた。

遥は地図を広げて、二人に見せる。

「あやかし同士のいざこざを仲裁するのも大切な仕事だけど、祭りの時は人間とあやかしの領域がすごく近くなるよね？　そのせいで困ったことが起きないか、ちゃんと見張っておくのも大事な仕事だと思うんだ」

「確かに仰（おっしゃ）る通りではあります。今でこそほとんどなくなりましたが、昔はこうした祭りの時には神隠しなどがよく起きたそうです。人間があやかしの祭りに迷い込まないように留意するのも、見回りの仕事の一つと言えます」

「だとすると、二つの祭りの境い目で見張っておく役も必要だよね？」

「む……そうきましたか」

雅火が思案顔になる。これはいける流れだ。

「僕が上森たちとまわりながら表通りを見て、雅火には裏通りでしっかり目を光らせてもらう。そして二つの祭りの境い目には疾風が出店を出して見張っててもらうんだ。疾風は術さえ使わなければ見た目も人間と変わらないし、こんな適任はいないでしょ？」

「しかしいきなり出店を出すというのも、手続きや申請などがありますし……」

「その手続きを受けつけてるのって、僕たち黄昏館と青鬼組だよね？」

「人間側の祭りに出るのならば、自治体などへの申請も……」

「その資料もさっき見たよ。人間向けの商売をするあやかしたちのために青鬼組がまとめて申請を代行してるんでしょ？　だったらなんとかなるよね？」

「……………」

「なるよね？」

「………手口の強引さがお祖母(ばあ)様に似てきましたね」

負けました、と執事は肩を落とす。

「関係各所には私から連絡しておきましょう」

「ほ、本当か？　俺は店を出せるのか？」

ハラハラした顔で事の成り行きを見守っていた疾風は大いに目を丸くする。

その様子を見て、雅火は肩をすくめた。

「ここだけの話ですが……人間の自治体や役所には昔からあやかしに融通を利かせる仕組みがあるのです。人間とあやかしの領域のバランスを保つための仕組みですから、今回の件ならば、縁日の営業許可ぐらいはすぐに下りるでしょう。もちろん顔役としての黄昏館の権威あってのことですが」

「あ、そんな仕組みがあったんだ。役所にあやかし用の窓口があるってこと？」

「似たようなものですね。遥様にはいずれきちんとやり取りの仕方をお教えします。取り急ぎは……」

「うん、そうだね」

雅火から言葉を引き継ぎ、遥は疾風に笑みを向ける。

「出店の件、オッケーだよ。疾風も一緒に思いきり夏祭りを楽しもう！」

「……っ、ありがとよ！　遥、やっぱお前は最高のダチだぜ！」

感極まって疾風が抱き着いてきた。

大きな腕に抱かれていると、雅火がやっぱり眉をつり上げる。

「遥様に対して馴れ馴れしい……っ。ダチ呼ばわりもやめなさいと言っているでしょう」

「固いこと言うなって！　今回ばかりは申請やらなんやらで手を借りることになっちまったからな。お前にも感謝するぜ」

出店を出せるのがよっぽど嬉しいのか、疾風はテンションが高い。雅火にも人懐っこい笑顔を向ける。

「本当、ありがとよ。俺も遥と同じように――お前のこと大好きだぜ、雅火！」

「あなたに言われるのは鳥肌が立ちます……っ」

引きつった雅火の表情は本当に嫌そうで、遥は思わず吹き出してしまった。


一夜明け、夏祭りの当日。

遥は青空色の浴衣を着て、帯も締め、意気揚々と西側の神社へ向かった。荷物になりそうなものはすべて雅火に預け、懐にお財布だけ入れている。祖母から受け継いだ組紐はいつも通り右手に巻き、浴衣姿のちょうどいいワンポイントになっていた。

あとは普通の人間には視えないが、

「はるか、お祭り楽しみだねっ。ぼく、わたあめ食べたーい」

こぎつねの六花がおんぶのように背中にくっついている。何かあった時、雅火と連絡するためだ。

こぎつねたちは人間に視えたり視えなかったりと不安定なので、今日は頭に葉っぱを載せ、雅火の術で普通の人間からは視えないようにしている。

時刻は夕方六時。ちょうど陽が沈んでいく、黄昏(たそがれ)時。

疾風は出店の準備のために昼過ぎには出かけていった。

ミレイは『花火は遠くから見るのが好きなのよ』と言い、皆が帰るまでの留守番を申し出てくれた。黄昏館は丘の上にあるので、たぶんちゃんと花火が見られるだろう。

クロスケもミレイの足元で転寝(うたたね)をして屋敷に残っている。彩音(あやね)はお祭りみたいな騒がしいところは苦手なのか、気づいたら姿がなかった。

雅火はすでにあやかし側の祭りの見回りにいってくれて、遥は下駄の音を響かせながら神社の入口へ向かっている。

次第に祭囃子(ばやし)が聞こえてきた。

表通りの鳥居の前にはすでに大勢の人だかりがあった。少し離れたところに裏通りの入口もあるので、きっとそちらにはあやかしたちが大勢いることだろう。

「あ、高町くーんっ。こっちこっち！」

鳥居のそばまでくると、中学生のように小柄な男子が手を振ってくれた。

友達の上森だ。白を基調にした浴衣を着ていて、手には巾着(きんちゃく)袋を持っている。見れば、他のクラスメートたちの姿もあった。男子女子合わせて、ぜんぶで十数人。結構な大所帯だ。

こちらに気づくと「お、高町だ。おっす」とか「こんばんは、高町君」と声を掛けてくれた。嬉しくなって、こっちも弾んだ声でみんなに挨拶し、上森の隣に並ぶ。

「ごめん、待たせちゃったかな？」

「大丈夫だよ。みんな、ちょうど集まってきたところだから。それより高町くん、すごい立派な浴衣だね。僕、そばで見てびっくりしちゃった」

「あ、これ……知り合いの職人さんが仕立ててくれたんだ」

「職人さんのお手製？　わー、お屋敷に住んでるのってやっぱりすごいね」

「上森の浴衣だって趣があるよ？　僕、少しの間、その職人さんのところでお世話になったことがあるんだけど……その浴衣って結構良い品じゃないかな？」

「あー、これお父さんのお下がりだから、それでかな？　ほらウチ、お寺だから和服もいっぱいあるんだ」

袖口を広げて、上森はくるっと一回転してみせる。

上森の家は南童寺というお寺だ。お父さんがご住職なので着物や浴衣にも色々縁があるのだろう。

と、そんなことを思いながら一回転する上森を見ていて、遥は『あれっ？』と目を瞬いた。背中にくっついている六花も一緒に「あれー？」と声を上げる。

こっちと同じように、上森の背中にも小さなこだぬきがくっついていた。以前に会ったことがある、南童寺の裏山に住むこだぬきだ。

頭に葉っぱを載せ、ちゃんと普通の人間には視えなくなる術を使っている。

「遥殿っ。お久しぶりです！」

上森やクラスメートたちがいるので、なんとか頷きだけでコクコクと返事をする。

するとちゃんとわかっているらしく、こだぬきは自分から説明してくれた。

「たーくんが夏祭りにいくってすっごく楽しみにしてたので、羨ましくなってボクもついてきちゃいましたっ。ちゃんと大人しくしてますからご安心下さい」

たーくんとは上森のことだ。名前が巧なので、たーくん。

今夜は他のあやかしも大勢きていることだし、こだぬきが交じっても問題はない。遥は小声で『わかった。今夜はよろしくね』と囁き、みんなで一緒に鳥居をくぐった。

上森と並んでいると、背中の六花とこだぬきが話しているのが聞こえてきた。

「こんばんはー。あのねあのね、ぼく、こぎつねの六花っていうの！　よろしくねっ」

「六花殿ですね。はいっ、よろしくお願いします！　遥殿にはたーくんがいつもお世話になってます」

「はるかもね、うえもりがお友達になってくれてとっても嬉しそうだよ。はるかが嬉しいと、ぼくたちも嬉しいのっ。ありがとねー」

「こちらこそですっ。六花殿はお名前があってすごいですね。名前があるのはあやかしにとって、とっても格好いいことですから」

「あのねあのね、ぼくの名前ははるかがつけてくれたんだよっ」

「え、遥殿が！　羨ましいです。ボクもたーくんに名前をつけてもらえたらなぁ」

「うえもりに名前つけてもらわないの？」

「たーくんは遥殿と違って、あやかしの存在を知りませんから……」

六花は「んー」と考え込む。そして小っちゃな鼻で、遥の後頭部をちょんちょんと突いた。

「ねえねえ、はるか」

「うん、聞こえてたよ、六花」

こっちも同じことを考えていた。だから隣を歩いている友人に話しかける。

「ねえ、上森。もしもの話をしていい？」

「もしもの話？　うん、いいよいいよ。どんな話？」

「以前に南童寺の裏山たぬきの話をしてくれたよね？　上森のご先祖様の和尚さんがたぬきたちを助けたっていう話。そのたぬきたちが今もずっと裏山で暮らしてて、もしも上森に名前をつけてほしいって言ってきたら、上森はなんて名前をつけてあげる？」

こだぬきが「は、遥殿⁉」とピンッとしっぽを立てて緊張する。

ちょっと突拍子もない話だけど、こういう時、素直に受け止めてくれるのが上森のいいところだ。

「裏山のたぬきに名前？　あ、ひょっとして疾風さんの仕事に何か関係あること？」

疾風が上森に会った時、話の流れで『自分は霊能力者だ』と言ったことがあった。あやかし絡みというのは間違ってないので、それに乗らせてもらうことにする。

「うん、そんな感じ。上森だったら身近なたぬきになんて名前をつけるかなあ、と思って」

人のいい上森は「うーん、そうだなぁ」と楽しそうに考え始めてくれた。

「たぬきだから……ぽんぽこ……ぽこぽん？　ぽんぽん……んー、あっ、そうだ」

にこっとお日様みたいな笑顔。

「ぽこ太ってどうかな？　こだぬきのぽこ太っ。どう？　可愛いと思うんだ」

遥は『たぬき』としか言っていない。しかし上森は自然に『こだぬき』と口にした。

霊感のようなものはない、と以前に上森は言っていたけど、家がお寺なせいか、もしくは裏山たぬきたちが常にそばにいるせいか、上森には自然にあやかしの存在を感じ取っている節がある。

今もそうだったのかもしれない。どこか気づいているような形で名前をもらい、こだぬき――いやぽこ太は大粒のような涙をこぼした。

「可愛いです、嬉しいですっ。とっても気に入りました……っ。ボクは今日からぽこ太です！」

喜びの声を聞き、遥は口元に笑みを浮かべる。

「ありがと、上森。とっても気に入ったよ」

「本当？　だったら僕も嬉しいな。あ、もしもの話といえば、こないだお父さんともし幽霊が視えたらどうしようって話をしてね――」

そうしておしゃべりをしながら、遥と上森は並んで歩いていく。

お互いの背中では二匹がしっぽを振っている。

「よかったねー、ぽこ太」

「ありがとうございますっ、六花殿、遥殿！　このご恩は一生忘れません……っ」

「ぽこ太、ぽこ太っ」

「六花殿、六花殿っ」

黄色いふさふさのしっぽと、茶色くまるっこいしっぽ。

こちらの歩幅に合わせて二本のしっぽがくっついたり離れたりしていて、とても可愛らしかった。

そうしてみんなで縁日をまわった。

金魚すくいをし、ヨーヨーを取り、わた菓子やあんず飴(あめ)は一つ多く買って、こっそり六花とぽこ太で半分こ。

人間に化けたあやかしもちょこちょこいるが、皆、ちゃんと輪に溶け込んで商売をしている。見た目はまるっきり人間に見えるが、なんとなくあやかしだと気づけるのは遥の霊力の高さゆえだろう。

「広瀬(ひろせ)も一緒に来られたらよかったのにね」

「転校した先の街も夏祭りの時期かなぁ。あ、写真撮って広瀬くんに送ってあげよっか」

夏休み前に転校してしまった広瀬のことを上森と話していたら、他のみんなも「なにに、広瀬君の話？」とか「写真？　撮ろうぜ撮ろうぜ。広瀬に見せてやろう」と盛り上がって、みんなで山ほど写真を撮った。

学校行事でもないのに友達と写真を撮るなんて初めてのことで、遥はまるで夢のなかにいるみたいに気持ちがふわふわした。

そうして今度は射的をやろうということになって、出店へいくと、ふいに声を掛けられた。

「おっ、黄昏館の当主の旦那(だんな)！　お疲れさんです。どうぞどうぞ、俺んとこでも遊んでって下さいよ」

「え？　んーと……」

射的の店主にそう言われ、目を凝らしてみた。

あやかしなのは雰囲気でわかる。

そり込みの短髪で腹巻をしており、サングラスと金色のネックレスがやたらと似合っている。どう見ても堅気ではないが、妙に人懐っこそうな愛嬌もある。じっと凝視していると、おぼろげに大きな角が見えてきて、ようやくわかった。

「あ、もしかして若頭っ!?」

「へへ、ご名答。目だけで看破するなんざ、さすが旦那っすね」

射的の出店をやっていたのは、青鬼組の若頭だった。以前に遥をハンマーで潰そうとして、雅火に腰が抜けるほど脅かされたのがこの若頭である。

「若頭って確か……青鬼組の幹部だよね？　しかも今回の祭りの仕切り人でしょ？　出店なんてやっってていいの？」

「いや本当はあんまよくねえんですけどね、やっぱ出店は祭りの花！　若い衆にだけやらせるのも勿体ないじゃねえですか。だから無理言って、今の時間だけこっそり店に立たせてもらってるんですよ。……上役の叔父貴にバレたら大目玉喰らうんで、ウチの組の奴らにはどうかご内密に。代わりにうんとサービスさせてもらいますから」

「まあ、僕もこうして祭りを楽しませてもらってるしね……じゃあ、お互い秘密ってことで」

「へい、旦那と俺で共犯ですね」

「あとウチの疾風の件、出店の場所を融通してくれて助かったよ。急なお願いだったのにありがとね」

「いえいえいえ、むしろこっちも助かったぐらいですよ。まさか南側で名を挙げた『鎌鼬（かまいたち）の用心棒』が旦那のところで料理人になってるなんて驚きましたぜ。腕っぷしは折り紙付き、見回りに参加してもらえるなんて御の字でさあ」

と、こそこそ話していたら、上森たちに不思議そうな顔をされてしまった。

「旦那って……高町くんのこと？　それに若頭って？」

「高町ってなんか妙な知り合い多いよな？　以前にスーツの執事の人が学校に弁当届けにきてたし」

「短髪のお兄さんが来てたこともあったわよ？　なんかすごく体格が良くて、兄貴分って感じの」

「え、俺はコートの美少年と一緒のところを見たって聞いたぞ？　校庭のそばで意味深に話し込んでたって」

「しゃ、射的！　とにかく射的をやろうよ、みんな！　ここの店主さん、僕の知り合いなんだ。だからサービスしてくれるって！」

「おうともさ！　坊ちゃん嬢ちゃん方、半額でいいぜ。さあ、鉄砲を持った持った！」

遥は慌てて大声を上げ、若頭もすぐに合わせてくれた。みんな、お小遣いやバイト代が資金の学生なので、半額という言葉につられてくれた。こぞって鉄砲を持ち、射的を始める。

「わー、結構難しいねっ。ほら高町くんもやってみて！」

残り一発のコルク玉付きで、上森が鉄砲を手渡してくれた。

「僕もこういうのあんまり得意じゃないけど……よし、やってみようかな」

「頑張れ、高町くんっ」

「ふぁいとですっ、遥殿！」

「はるか、ふぁいとーっ」

六花とぽこ太も応援してくれて、一番下のキャラメルの箱に狙いを定める。

命中したらいいな、ぐらいの軽い気持ちで引き金を引いた。直後、大砲みたいな勢いでコルク玉が飛んでいった。すべての景品が棚ごと吹っ飛ぶ。

「え……っ!?」

啞然（あぜん）とする遥とみんな。

そのなかで若頭が豪快にハンドベルを鳴らした。

「お見事ーっ！　まさかの棚ごと大当たりだ！　とんでもねえ天才が現れちまった。景品全部、持ってけ泥棒っ！」

と、同時にサングラスを上げて、意外につぶらな瞳で意味ありげにウィンク。

どうやらこれが若頭の言っていたサービスらしい。

みんなが『おおー』と拍手してくれる。

「鉄砲が不良品か何かだったのか？　高町、ラッキーだな」

「こんなこともあるのねえ」

「やったね、高町くん」

上森も喜んでくれて、嬉しいことは嬉しいけれど。

若頭、やり過ぎだよ……。

木っ端微塵になった棚を見て、ちょっと血の気が引いた遥だった。

その後、山のような景品をみんなで分け合い、さて次の出店にいってみようということになったのだけど——そこで騒ぎが起きた。

若頭の射的から五軒先の大判焼き屋だ。何やら隣の当てクジ屋と揉めている。

「ちょいちょいちょい、話が違うじゃあございませんか!?　ここから先はあたしの店の敷地ですよ!?　一体いつ、そちらさんの景品を置いてもいいと言いましたかね!?　これだからネズミってのは油断も隙もないってえ話ですよ！」

「ああん!?　なんでいなんでい！　先に無礼千万やらかしたのはそっちの方だろうがよ!?　見てみろ！　大判焼きのあんこがちょいちょいこっちに飛んでんだよ！　甘ったるい匂いで腹が減ってしょうがねえ！　これだからネコは図々しいってんだ！」

……ネズミ？　ネコ？

話からすると、どっちの店主もあやかしのようだ。

注意して目を凝らしてみる。すると次第に本当の姿がうっすら透けて視えてきた。

大判焼き屋の方は猫又。ネコに小判ならぬ、猫又が大判焼き屋をやってるらしい。

当てクジ屋の方は化鼠。おむすびころりんで宝物をくれるネズミが、宝物を引っ張り出す、当てクジ屋をしているようだ。

ネズミとネコという相性の悪さもあるのだろう。どっちもどっちな言い合いをしている。

調停にいった方がいい場面かな……？

遥は一瞬、思案する。一応、警備自体は青鬼組がやってくれて、小さないざこざなら彼らが解決してくれるという話なので、出時かどうか迷ったのだが……。

後ろにいる若頭が勢いよく腕まくりをした。

「あいつら、俺のシマで喧嘩沙汰とはいい度胸だ！　野郎、ぺしゃんこにしてやるぜ！」

言うが早いか、射的台の下から巨大な金棒を取り出した。その上、体がムクムクと大きくなり始めている。頭に血が上って鬼の本性が出そうになっていた。

「青鬼たちが騒ぎを大きくしちゃうってこういうこと……っ⁉」

度肝を抜かれ、慌てて若頭の太い腕を掴まえた。

「落ち着いて⁉　あの喧嘩は僕が止めにいくから若頭はここにいて！　角っ、もう角まで出そうになってるから！」

「おお、なんてこった⁉　本当だ、俺の自慢の角が顔を出してやがる……っ。けど旦那、ここは若頭の俺がきっちりぺしゃんこにしてやらねえと示しってもんが……」

角の出かかった額を押さえ、ぼそぼそと言ってくる。だが行かせたらどうなるかわかったもんじゃない。

「絶対、駄目！　黄昏館当主の僕が行けば、示しはつくだろ？　若頭はここで待機。もし来たら雅火にお仕置きさせるからね？」

「ひえっ、『妖狐の執事』だけは勘弁でさあ。……わかりました。旦那にお任せします」

「ん、任された！」

クラスメートのみんなは運良く騒動とは逆方向に歩き出していた。一番後ろで待っていてくれた上森に駆け寄り、とっさの言い訳をする。

「ごめん、上森っ。あっちに僕の知り合いがいたみたいなんだ。ちょっと挨拶してくるからみんなと先にいっててくれるかな？」

「あ、だったらここで待ってようか？」

「いや、それは……っ」

どうしよう、困った。これ以上、上手い言い訳が出てこない。

すると、ぽこ太が背中から上森に耳打ちした。

「たーくん、たーくん、遥殿は大切なご用事があるのです。だからボクたちは先にいっていましょう？」

「んー……」

上森にはぽこ太の声は聞こえないはずだ。でも何か感じているような間があり、やがてにこっと笑った。

「わかった。僕、みんなと縁日の奥で待ってるよ。お知り合いの人によろしくね」

「あ……ありがとっ、すぐいくから！」

ほっとして、ぽこ太と上森、二人にお礼を言った。

上森が手を振って背を向けると、ぽこ太がこそこそっと囁いてくる。

「さっきボクがこだぬきだってわかってくれたから、心を込めて言ったら伝わるかもって思ったんです。本当にたーくんに伝わったのかどうかはわからないですけど……」

伝わったんだよ、絶対っ。

そう気持ちを込めて、手を振った。

直後、遥は振り返って駆け出す。猫又と化鼠はまだ言い争っていて、ひどく興奮している。このままだと若頭のように正体を現しかねない。

「はるか、どうする？　みやびさま、呼ぶ？」

　背中から六花が尋ねてきた。

「いやこの分だと、雅火のいるあやかし側も色々大変だと思う。出来るところまでは僕だけでやってみるよ」

「わかったっ。だいじょーぶ、ぼくも一緒だからね！」

「うん、頼もしいよ、六花」

　和やかなやり取りに勇気をもらい、剣呑（けんのん）な空気の猫又と化鼠の前に躍り出た。

　一応、どっちもまだ人間の姿は保っている。でもピンと張りつめたヒゲが伸びてきていて、だいぶ危うい。

「黄昏館の当主、高町遥だ！　喧嘩はやめろ！　言い分は僕が両方から平等に聞くから」

「んん!?　黄昏館の当主!?　なにゆえそんな大物が首突っ込んでくるんですか？　これはただの縄張り争いです。調停なんざ必要ございません。放っておいて下さいな！」

「こりゃウチとネコの面子（メンツ）の問題だ！　街の顔役なんて呼んでねえんだよ。どっか余所（よそ）いってくれ！」

「そんなわけにいくもんか！　夏祭りでの喧嘩は御法度だ。何か問題があるなら僕が聞くから――」

「「うるっさい！」」

「うわ⁉」

すごい剣幕で怒鳴られた。無意識にどっちかが術でも使ったのか、見えない壁のようなものが現れて、二、三歩、後ろへ下がらされてしまった。

……悔しいな、やっぱり雅火がいないとあやかしは言うことを聞いてくれないか。

調停のテーブルに着かせるのが執事の仕事、調停で判決を言い渡すのが当主の仕事。役割からすれば、気にする必要はない。でもやっぱり悔しいものは悔しかった。

「はるか、みやびさま呼ぶ？」

「そうするしかないかな……」

やむを得ない。ここは変に意地を張るのではなく、皆が夏祭りを楽しめるように速やかに問題を解決すべきだ。

雅火を呼ぶべく、遥は六花に頼もうと口を開きかける。

けれど一瞬早く、意外な声が耳に届いた。

「……苦戦しているようだな。やれやれ、気まぐれにきてやって正解だったか」

振り向くと、そこにいたのは見慣れたコート姿。モノクルをつけた美少年。

「彩音？　どうしてここに……っ」

「気まぐれだ。みすずの頃も夏祭りの見回りの仕事はあったからな。今夜、お前がこの仕事をすることはわかっていた。だからなんとなく気まぐれで見にきただけだ」

「僕のことを心配してわざわざきてくれたの？」

「き、気まぐれだと言ってるだろう⁉　人の話はちゃんと聞け！」

「聞いた上で、そう思ったんだけどな」

「じゃあ、お前の判断力はおかしい。大いにおかしい。改善しろ」

だがとりあえずは、と言い、彩音はモノクル越しの視線を出店の方へ向ける。

「目下の問題を解決することが先決だな」

「出来るの……？」

「僕を誰だと思っている？　街中からお前の百倍は恐れられていた先代当主、高町みすずに仕えていた『夜雀（よすずめ）の調律師』だぞ？　この程度の修羅場、執事の背に隠れて何度も越えてきたさ」

「雅火の背に隠れてって……それ威張れないんじゃないかな？」

「まあ、見ていろ。一瞬で片を付けてやる」

彩音は颯爽（さっそう）とコートを翻した。

すると猫又と化鼠も彩音に気づき、「なんでございますか？」「何の用だ、てめえ？」と睨（にら）みを利かせた。

だが彩音は怯（ひる）まない。威厳さえ感じさせる落ち着きぶりで口を開く。

「猫又の大判焼き屋に化鼠の当てクジか。どちらも昔からこの縁日に出店している古株だな。僕の顔を忘れたか？」

「なんですか、藪から棒に……ん？　いや言われてみればそのコートには見覚えが……」

「あー、あれだ、毎年、おっかない妖狐の後ろで一緒に見回りにきてた、雀じゃねえかい」

「その通りだ！」

彩音は髪をかき上げ、祭りの提灯の明かりでモノクルを光らせる。

「僕こそはかつて黄昏館で名を馳せた『夜雀の調律師』の彩音！　猫又に化鼠、今すぐ争いをやめて調停に従え。さもないと後悔することになるぞ？」

「なんですって？　あたしたちを脅そうって言うんですか？」

「どう後悔するのか教えてもらいてえもんだな？」

「ふっ、いいだろう。ならば教えてやる。よく聞け、このままこちらの意向に従わないと言うのなら……」

勢いよく手を掲げ、宣言。

「『妖狐の執事』を呼び寄せて、力ずくでケンカ両成敗にしてやる！　怒ったあいつは本当に怖いからな！　死ぬほど後悔することになるぞ⁉」

え、彩音が何かするんじゃなくて、雅火頼みなの？　……と思ったが、口を挟む隙はなかった。猫又と化鼠が見事に動揺したからだ。

「なっ⁉　そ、それは横暴じゃあございませんか⁉」

「妖狐はいけねえよ、妖狐は！　街一番のあやかしなんざ連れて来られたら、こっちは敵(かな)いっこねえじゃねえか！」

「だったらどうすればいいか、わかるだろう？　答えは一つだ」

　堂々とした彩音の言葉を受けて、猫又と化鼠は顔を見合わせた。やはり『妖狐の執事』は恐いらしく、しぶしぶといった様子で同時に頭を下げる。

「背に腹は替えられません。調停をお願いします……」

「商売も命あっての物種だからな……」

　わかった、と大げさな顔で頷(うなず)き、彩音はこっちを振り返った。

「どうだ？　ざっとこんなものだ」

「あ、ありがと……」

　虎の威を借る狐というか、狐の威を借る雀だった。

「すごく助かったけど……彩音はそれでいいの？」

「何がだ？」

「や、うん、なんか色々と……」

「やれやれ、お前はまだまだわかっていないな、高町遥。ハッタリとやせ我慢——これがみすず亡き後、ぬらりひょんとロレンス伯爵のもとを渡り歩いて身に付けた、僕の処世術だ。氷恋花の時もこれでお前と渡り合ったんだぞ？」

「あ、そうなんだ。ハッタリとやせ我慢だったんだ……」

「結果良ければすべて良しだ」

あまりに迷いがないので、逆に頼もしさすら感じてしまう。

「なんだろう、すごいね、彩音は……」

「そうだろう、そうだろう」

とても得意げな彩音だった。

その後、手早く猫又と化鼠の調停を行った。話を聞いてみると、言い分はどっちもどっちだったので、猫又は景品を置かせてあげる、化鼠は代わりに大判焼きを分けてもらう、という結論でどうにか場は収まった。

「なんとかなったね。助かったよ、彩音」

「礼には及ばない」

「気まぐれだから？」

「そういうことだ。お前もわかってきたみたいだな」

大判焼き屋と当てクジ屋の前から離れ、若頭にも報告をして、二人で縁日を歩き始めた。

結局、そこまで時間は掛からなかったので、上森たちにもすぐに追いつけるだろう。

「あのさ、彩音。聞いてもいい？」

「なんだ？」

「おばあちゃんも今の僕みたいにこのお祭りを見回ってたのかな？」

「いいや」

モノクルの奥の瞳が懐かしそうにふっと細められた。

「みすずはそんな面倒なことはしない。青鬼組の詰め所でのんびりと涼を取っていた。さっきみたいに騒ぎを起こしたあやかしがいれば、執事が首根っこを掴んでみすずのところへ連れていく、という寸法さ」

「あ、なるほど。それはちょっと想像つくかも」

思わず口元に笑みが浮かぶ。するとつられたように彩音も口角を上げた。

「なんだか変な感じだな。みすずと訪れた夏祭りにきて……今度は孫のお前と並んで歩いてるなんて」

並んで歩いている――その言葉にちょっと嬉しくなった。

彩音とはこれからもそばにいて、こうして一緒に歩いていけたらいいなと思うから。

「……どうした？　急に黙りこくって」

「ううん、別に。ね、何か欲しいものとかある？　雅火がお小遣いくれたから、なんでも買ってあげるよ？」

「……あのな、僕をなんだと思ってるんだ？　子供じゃないんだぞ」

「でもほら、せっかくのお祭りだし、何かない？　そのコート暑そうだし、かき氷とかさ？　あ、雀だから焼きトウモロコシとかどうかな？」

「なんなんだ、本当に。気味が悪いぞ？」

　引き気味に言われ、遥は頭をかく。

「や、欲しいものとかたくさん買って楽しい気分になったら、彩音も従者になってくれるかなーと思って」

　途端、呆（あき）れ顔をされた。

「あのな、出店の焼きトウモロコシなんかで従者になるわけがないだろう。まったく……下らないことを言ってないで気を引き締めろ」

　残念ながら祭りの楽しさでは『夜雀の調律師』はなびかないらしい。

「いいか？　夏祭りの夜は賑（にぎ）わいに誘われて、街の外からもあやかしが紛れ込んでくる。一体、どんなトラブルが舞い込んでくるかもわからないんだ。あまり羽目を外し過ぎるなよ」

「街の外からも？　あ、そっか、お客さんとして来てるあやかしには申請も何もないもんね。確かに気をつけないと……」

　そんな話をしている時だった。

祭りの雑踏のなかに突如、一匹のあやかしが駆け込んできた。

ここは人間側の縁日なのに化けていない。驚いたことにあやかしの姿のままだ。

体は毛に覆われて、全体の色は白。そのなかで足の毛だけが長靴のように黒い。

まだ子供らしき、小さなイタチのあやかしだった。大きさは六花と同じくらいだろうか。

一目でただの動物じゃないとわかったのは、風呂敷包みを抱えているから。そしてこちらへ喋りかけてきたから。

「や、やっと追いついた……っ。あの！　さっきあっちの出店で喧嘩の仲裁をされてた方々ですよねっ。この街の顔役の方だって聞こえたんですが、本当ですか……っ」

その言葉でイタチが街の外からきたのだとわかった。

たぶんこの祭りに人間側とあやかし側があることも知らないのだろう。言葉を喋るイタチなんて、今この瞬間にも大騒ぎになりかねない。

遥と彩音は慌てて駆け寄った。一秒でも早く、隠すか捕まえるかしてやらないといけない。

でも二人の手が届くより先にイタチが続きを喋った。それは思わず手が止まってしまうような内容だった。

「顔役の方に聞きたいんです！　この街に――鎌鼬の疾風さんはいませんか⁉」

えっ、と虚を衝かれた。

「……君、疾風の知り合いなの？」

イタチはつぶらな瞳を見開いた。

どこか思い詰めた、必死な表情だった。

「疾風さんをご存じなんですかっ⁉　ボクは昔、疾風さんに守ってもらっていた群のイタチなんです。ボクたちは——疾風さんと仲直りがしたいんです！」

とにもかくにも祭りの真ん中で話を聞くわけにはいかない。遥はイタチを連れて縁日の外に出た。

そばの林のなかへ入り、木々の間から祭りの明かりが少しだけ見えるぐらいの位置に遠ざかってようやく一息つく。

イタチは二本脚で立ち、ぺこりと頭を下げた。

「ごめんなさい。ボク、あまり人里に下りたことがなくて……一応、人間さんに見られないように気をつけてはいたんですけど、ついつい顔役さんを追いかけるのに必死になってしまって……」

「いや大丈夫、幸い誰にも見つからなかったみたいだし。僕は高町遥。この街の黄昏館っていう屋敷で当主をしているんだ」

「遥さん……は人間さんですか？」

「うん、人間だよ。でもあやかしのことが視えるんだ。えっと、君は……」

「ボクは風助っていいます」

「風助……『風』の字が名前に入ってるんだね」

「はいっ、疾風さんみたいになりたくて、ボクの群はみんな風の字を名前に入れてるんです。疾風さんが群にいる時、みんなでそれぞれ考えて……」

途中まで楽しそうに話していたけれど、子供のイタチ——風助はふいに俯いた。しぼんだ風船のように意気消沈してしまう。

「でも疾風さんはある日突然、群から出ていってしまったんです。そして、それはボクのせいかもしれなくて……」

「風助のせい？　どうして……？」

「ボクが疾風さんの前で泣いてしまったからです。お腹空いたよぉ、って……」

あ、と思った。

その話には聞き覚えがある。

イタチの群と聞いた時からもしやと思っていたけれど……たぶん間違いない。

「ねえ、彩音……は、この話は知らないか」

「？　なんのことだ？」

そばの木に背中を預けながら、調律師は首を傾げた。

彩音は以前に南の重鎮のぬらりひょんの屋敷で食客をしていて、疾風も同じ時期にぬらりひょんの用心棒をしていた。二人はその頃からの知り合いだけど、イタチの群の話は疾風にとって自身の根幹に関わることだ。風助を前にしてもピンときている様子はないし、彩音は疾風の過去の話は知らないのだろう。

遥は振り返って自分の背中側に話しかける。

「六花、今のこっちの状況を雅火に伝えることはできる？」

「できるよー。みやびさまにお伝えしておくねっ」

モフモフの耳としっぽがぴーんっと立った。これで六花の見聞きしたものが雅火にも届くのだろう。

遥は改めて風助に向き直る。視線を合わせやすくするため、浴衣（ゆかた）の裾（すそ）を押さえてしゃがみ込む。

「風助、事情を聞かせてもらえるかな？　僕たちがきっと力になれると思う」

「はい、ぜひ聞いて下さい。お願いしますっ」

そして風助は語った。

この街からいくつも山を越えた、ずっと遠くの森に風助の群はいるらしい。

そこは人間の手があまり入っておらず、あるがままに自然が残り、神秘的な力に満ちているという。おかげでただの動物だったイタチたちも何世代も重ねるうちに次第にあやかしの力を使えるようになっていった。

身に付けたのは風を操る力。

でも力を得て、あやかしになるのは良いことばかりじゃない。

森には強くて乱暴なあやかしがたくさんいる。風を操れるようになったことで、イタチの群はそうした強いあやかしたちに目をつけられてしまうようになった。

縄張りを荒らされたり、食べ物を取られてしまったり、群は長いこと困り果てていた。風助が物心つく頃には『もう森を捨てて逃げ出すしかないかもしれない』というところまできていたという。

頼もしい鎌鼬が森にやってきたのは、そんな時だった。

その鎌鼬——疾風は強くて、格好良くて、見事に風を操っていた。

動物からあやかしになったイタチと鎌鼬は根本的に違う。でも同じく風を操り、同じくイタチと名の付くよしみだと言って、疾風は術の使い方を教えてくれた。

元が動物の風助たちはなかなか上達しなかったけれど、疾風は根気よく付き合ってくれた。

さらには強いあやかしを一緒に縄張りから追い払ってくれた。ただ、あやかしはたくさんいるので、四六時中やってくる。東へ西へ、術の訓練も兼ねて、疾風と群は常に駆けまわった。

でも風助たちは疾風のような屈強なあやかしではない。

毎日毎日、あやかしと対峙し、縄張りのなかを走りまわり、次第に疲れ果て……とうとうみんな動けなくなってしまった。

群の長のイタチが言う。

『もう無理です。疾風さんにはついていけません……』

『なんだって……？　おいおい、どうしたんだよ、いきなり』

『よく見て下さい。あなたの通ってきた道を……』

長の言葉で改めて群を見まわし、疲れ果てたみんなの姿を見て、疾風は絶句していた。

その時、風助は言ってしまった。

今よりずっと子供で、きゅう……と鳴ったお腹に我慢ができなくて。

『お腹空いたよぉ……』

ぽろ……と涙がこぼれた瞬間、疾風が浮かべた表情を見て──風助は気づいた。自分が疾風をひどく傷つけてしまったことを。

あの強くて頼もしい疾風さんが……今にも泣きそうな顔をしていた。

まるで胸に風穴が開いてしまったかのように、疾風は立ち尽くし、俯いた。

『……すまねえ。俺は間違えた』

その言葉を最後に疾風は森から立ち去った。

乱暴なあやかしをすべて懲らしめ、ありったけの食べ物をねぐらの洞窟の前に残して、まるで風のように姿を消してしまった。

もう疾風が帰ってこないと気づいた夜、風助たちは身を寄せ合い、大声で泣いた。

ごめんなさい、ごめんなさい。

いなくなってほしかったわけじゃないんです。

傷つけたかったわけじゃないんです。

本当はどこまでもついていきたかった。でも力が無くて、弱くて、大きな背中に追いつけなかった。

謝りたい。

仲直りしたい。

疾風さんに胸を張れるくらい強くなって、一緒にお腹いっぱいご飯を食べたい。

それからというもの、風助たちは術の練習に励んだ。結局、疾風ほど強くはなれなかったけど、それでも森のなかで肩身の狭い思いをすることはもうなくなった。他のあやかしたちにも一目置かれる存在になったのだ。

だから捜しにいこうと決めた。疾風と仲直りするために。その役目を買って出たのが風助だった。まだ子供の風助が旅に出ることをみんなは止めたけれど、風助はどうしても自分がやりたかった。

あの日、誰よりも疾風を傷つけてしまったのは――きっと自分だと思うから。

「それで風助はずっと旅を……？」

遥が尋ねると、小さな子供イタチはこくりと頷いた。

「疾風さんを見たっていう話を頼りに街から街を渡り歩いて……それでこの辺りに鎌鼬の用心棒がいるって話を聞いたんです。もしかしてと思ってきたら、ちょうど夏祭りをしてて、こういうところにはあやかしが多く集まるから顔役とか長とか偉い方に聞けば何かわかるかもと思って……」

「そして僕たちを見つけたんだね」

「はいっ、あの……遥さんたちは疾風さんをご存じなんですよね⁉」

勢い込んで尋ねたせいで、風助は転んでしまいそうになった。背負っている風呂敷包みが小さな体には重たいようだ。

すぐに手を差し出して支えてあげて、遥は柔らかく頷いた。

「うん、知ってるよ。疾風は今、僕の屋敷で暮らしてる」

「え……っ、ほ、本当ですか⁉」

「本当だよ。用心棒はもうやめて、今はウチで料理人をしてくれてるんだ」

「りょ、料理人……？　疾風さんが？　どうして……」

「それは……」

答えかけて、ふと思い直し、遥は口をつぐんだ。

これは疾風自身が風助に伝えるべきことだろう。

「色々あったんだ。でも心配しないで。疾風は元気にやってるから」

「えっと……すみません、遥さん」

長靴のような色の可愛い手で掴まりながら、風助は不安そうな顔になる。

「ひょっとしたら……遥さんのお知り合いの疾風さんと、ボクの捜している疾風さんは別の人かも……」

「どうして？」

「腕自慢のあの疾風さんが料理人っていうのは……ちょっと想像がつかなくて」

すると、木の方にいる彩音がちょっと噴き出した。

遥はジト目で睨む。

「彩音、失礼だよ？」

「……む、すまん。だがそのイタチの言うことはもっともだろう。僕だってぬらりひょんの屋敷にいた時は鎌鼬にまともな料理ができるなんて思わなかった」

「まあ、言ってることはわからなくもないけど……」

確かに疾風は喧嘩っ早くて腕自慢というイメージを持たれやすい。

でも料理の腕前は、毎日作ってもらっている自分が誰よりも知っている。それに。

「風助、安心して。僕の知っている疾風は、風助の捜してる疾風と間違いなく一緒だよ。だって僕は——疾風から風助のことを教えてもらったことがあるからね」

「え、疾風さんがボクのことを……⁉　ほ、本当ですか⁉」

「間違いないよ」

はっきりと言い切ってあげると、風助は息をのみ、小さく俯いた。そして恐る恐るといった調子で尋ねてくる。

「それじゃあ、疾風さんは……本当に遥さんのところに……？」

「うん。だから風助の旅はここがゴールだ」

手のひらを優しく握る。小さな子供イタチと握手するように。

「頑張ったね、風助。来てくれてありがとう。風助に逢えて僕も嬉しい」

「遥さん……」

遥に料理を作ってやりたい。

その気持ちを強く抱いて、疾風は従者になってくれた。

切ない行き違いはあったけど、疾風が料理人を志すきっかけになったのが風助だとすれば、もう他人には思えなかった。自分と疾風が絆を結べたのは風助のおかげだとも言えるはずだから。

「疾風はこの縁日で出店を出してるんだ。風助、一緒にいこう。僕が案内するよ」

「ここに疾風さんが……っ。お、お願いします、遥さん！　ボク、疾風さんに話したいことがいっぱいあるんです！」

おいで、と声を掛けると、風助はすぐに腕を伝って肩へ飛び乗ってきた。

疾風の出店は縁日の一番奥、表通りと裏通りのちょうど境い目だ。

六花と彩音を連れて、遥は足早に林から出ていく。


縁日の奥までいくと、その先には神社の境内へ向かう階段がある。人だかりになっていて、上森の姿もあった。

たぬきのお面を頭につけ、手には焼きそばを持っている。縁日をめいっぱい満喫しているようだ。

「あ、高町くーん。こっちこっち。知り合いの人とはちゃんと会えた？」

「知り合い……？　あ、そっか」

猫又と化鼠の仲裁にいく時、そう言って先にいってもらったのだ。

どうしようかと一瞬考え、ちょうどいい相手が横にいることに気づく。すぐにでも疾風のところへいきたいけれど、まずは上森に一言断ってからにしよう。

「さっきはいきなり別行動しちゃってごめんね、上森。ここにいるのが僕が会いにいった知り合い、彩音っていうんだ」

「んっ⁉」

いきなり話を振られて、ビクッとなる彩音。

上森は人懐っこい笑顔で挨拶してくれる。

「はじめまして、彩音さんっ。僕、高町くんの学校の友達で、上森巧っていいます」

「あっ、うっ、どっ、どうも……彩音だ。調律師をしている」

なんとなくそうじゃないかと思っていたけど、彩音は人見知りらしい。見てて可哀そうなくらいオドオドし始めた。

一方、人見知りとは正反対な性格の上森は「え、すごい」と声を上げる。

「調律師って楽器を扱う人ですよね。あ、ひょっとして雅火さんや疾風さんみたいに高町くんの家で暮らしてるんですか？」

「えっ、あっ、そっ、そうだが……」

「そうだよ、上森。彩音は僕の屋敷の……居候？」

「誰が居候だ⁉」

ぐりんっと首をまわして怒鳴ってきたので、こそこそ声で言い返す。

「だって他に言いようがないだろ？　じゃあ従者って言えばよかった？」

「従者はもっと違う！　だいたい黄昏館に住んでいる年数で言えば、僕の方がお前より長いんだぞ？」

「そんなの関係ないよ。昔はおばあちゃんの屋敷で、今は僕の屋敷だからね」

「くっ、なんて口八丁な……みすずと話してるようだ」

「あ、それはちょっと嬉しいかも」

言い合ってる間、背中の六花とぽこ太が、

「ぽこ太だー。さっきぶりっ」

「さっきぶりですね、六花殿っ」

と手を振り合っている。とても可愛い。

遥は彩音との言い合いを打ち切り、上森に向き直った。

「というわけで彩音はウチの居候なんだ。夏休み前から住み始めたんだけど、上森がウチに遊びにきたらきっと会うからよろしくしてあげてね」

「もちろんだよ。よろしくお願いします、彩音さん」

「よっ、よろっ……しく。……う、上森、でいいのか？」

「はいっ、上森です」

にこっとお日様のような笑顔。彩音は毒気を抜かれたように身動ぎする。彩音とここまで溌剌と接することができるなんて、さすが上森だ。

感心しつつ、遥はまわりを見回す。

「それで……えっと、ごめん。僕、ちょっと疾風のところにいかなきゃいけないんだ。実は疾風が出店を出してて……あ、クラスのみんなはどうしてる？」

「人が多くなってきて、大勢で固まってるのもなんだからって一回バラけたんだ。花火の時間になったら境内に集まろうってことになってるよ。僕は高町くんへの連絡役でここにいたんだ」

「え、ごめん。じゃあ、上森だけ待たせちゃったよね」

「ぜんぜんだよ。実は僕もそこで疾風さんのお店見つけて、挨拶したところ。これ、おごりだって疾風さんがくれたんだよ」

上森は手のなかの焼きそばを示してみせる。

ソース色の麺に肉や野菜が入り、細かく刻んだふりかけのようなものが載っている。出来立てのいい匂いが食欲を刺激してくれる。どことなくいつも食べている料理と同じ雰囲気があって、疾風の作ったものだと伝わってきた。

そして上森の視線の先、思いのほかすぐ近くに疾風の出店はあった。

境内への階段に真っ直ぐ繋がっているのが表通りで、その横へ合流するような形なのが裏通りだ。

疾風の出店があるのは二つの道がぶつかる三角地帯。若頭が用意してくれた調理台と立派な垂れ幕があり、鉄板の前で疾風が忙しく立ち回っている。

何を作るかは来た時のお楽しみだ、と言っていたけれど、上森が見せてくれたように疾風は焼きそばを作っているらしい。

着物をたすき掛けして、頭にはバンダナを巻き、鉄板に向き合っている。結構、繁盛しているようで、道行く人たちの多くが焼きそばを持っていた。

でも店の前にお客さんの姿はない。駆け寄っていくと、疾風は嬉しそうに八重歯を見せた。

「おっ、来たな、遥っ！　待ってたぜ、もう大繁盛で大忙しよ。今も作り置きがなくなっちまってよ。慌てて作ってたとこなんだ」

店前にお客さんがいないのは、どうやら作り置きが売り切れてしまったかららしい。

「この焼きそばは俺特製のふりかけがミソでよ。ソースの味をいっちばん引き出せるように徹夜で考えたんだ。ちょうど出来上がるところだからよ。遥も食ってくれ。大盛にしてやるぜ」

「あ、もちろん頂くよ。それに……作り置きが出来たところならちょうどよかった」

遥は調理台のなかへ目を向ける。

入れ物用のパックと割り箸がきちんと並べてあった。

「疾風、焼きそばをそこのパックに入れて売ればいいんだよね？　値段はここに書いてある通りで、おつりなんかは……あ、そこの缶か」

「ん？　おう、そうだけど……なんだ、手伝ってくれるのか？」

「うん、手伝うよ。だから疾風はちょっと休憩しない？　ずっと働き詰めでしょ？」

せっかく出した出店だから疾風にはめいっぱい楽しんでほしい。

でもここまでずっと旅をしてきた風助の用事もとても大切なものだから……今だけほんの少し時間をもらえればと思った。

「というわけで、彩音、あとお願い。疾風の代わりに焼きそばをパックに詰めて売っておいて」

そう言って、隣のコートの腕を引っ張り寄せた。

「は⁉　ちょ、ちょっと待て！　なんで僕が⁉」

「事情はわかってるでしょ？　頼んだからね？　で、疾風はちょっとこっちきて」

「お、おい、遥？　なんだ、どういうことだ？」

「上森、ごめん。ちょっと疾風に話があるんだ」

「あ、もしかして……霊能力者のお仕事のことかな？　了解っ、ここで待ってるね」

上森が頷き、彩音も焦りながら律儀にパック詰めを始めたのを確認して、疾風を店の後ろの木陰へ連れていく。

「どうした、遥？　なんか急用か？」

「実はそうなんだ。今すぐ疾風に会わせたい子がいて……」

「俺に……会わせたい子？」

疾風が不思議そうに首を傾げる。

それと同時に浴衣の胸元からぽんっと風助が顔を出した。

「疾風さんっ！　やっと会えました……っ」

「な……」

一瞬、疾風は言葉を失った。

小さな子供イタチを映した瞳が大きく見開かれる。

そして次の瞬間には腰を抜かして後ろに倒れ込んでしまった。

「お、お前……風助か⁉」

「そうです、ボクです！　お久しぶりです、疾風さんっ」

「な、なんで風助が遥と……お、俺は夢でもみてんのか⁉」

「違う違う。落ち着いて、疾風」

風助が胸元から出てきて肩に乗り、遥は疾風へ手を差し伸べる。

「さっき、縁日で偶然会ったんだ。風助は疾風を捜して旅をしてきたんだって」

「俺を……捜して？」

差し伸べられた手にも気づかず、疾風は茫然としている。

その目は遥の肩でコクコクと頷く子供イタチを見つめていた。

しかしやがて「そうか、俺を……そうか……」と呟くと、突然跳ねるように立ち上がった。

地べたに膝をつき、着物の前をばっと開くと、素肌を晒す。

「わかった！　安心してくれ、俺は逃げも隠れもしねえ。風助がなんで俺を捜してたかなんて……考えるまでもねえことだった。風助、煮るなり焼くなり好きにしてくれ！　腹を切れって言われりゃ、俺は潔くこの場で腹を切る！」

「え!?　は、疾風さん……っ!?」

その瞳は青く輝き、両手には風の刃が生み出されていた。風助の言葉次第では本当に切腹しかねない顔つきだった。

「何やってんのさ、疾風！　危ないだろ!?」

遥はすぐさま疾風の手首を掴んだ。鋭い風によって浴衣の袖がはためく。

これには疾風も「は、遥!?」と目を剝き、慌てた様子で風の刃が消え失せる。

「お前っ、いつもいつも当たり前みたいに術のそばに近寄んなって!?　怪我でもしたらどうすんだよ!?」

「こっちの台詞だよ！　いきなり腹切るってなにさ？　疾風の風はそんなことのためにあるものじゃないだろ？」

「け、けどよ……っ。こうでもしなきゃ、俺は風助たちに償えねえんだ……っ」

そう語る疾風の目には深い懺悔の感情があった。まるで自分が悪党だとでもいうような表情だ。

遥は深くため息をつき、自分の肩を示す。

「償うとか償わないとかそんな話じゃないんだ。風助、言ってあげて」

子供イタチは前のめりになって語り掛けた。

「疾風さん、お腹を切るなんて言わないで下さい。ボクたちには償ってほしいことなんて何もありません」

「でも俺はお前たちを連れまわして、傷つけて……とくに風助、お前には……」

「聞いて下さいっ」

遥の肩から飛び降り、風助は疾風の目の前に立った。

「ボクは群の代表でここまできたんです。だからみんなの気持ちを伝えます」

「群の……あいつらの気持ち……？」

伝われと願うように、風助は大きな声で言った。

「ボクたちは疾風さんと仲直りしたいんですっ！」

「――っ!?」

声が響くと同時、林のなかを風が吹き抜けた。

それは疾風の短髪を揺らし、遥の浴衣の裾を揺らし、風助の白い毛並みを揺らした。

告げられた言葉が上手く飲み込めないというように、疾風はつぶやく。

「俺と……仲直り……？」

その瞳にはまだ理解の色は灯らない。

長靴のような足が一歩一歩と近づく。

「疾風さん」

「ま、待ってくれ！」

ばっと手を掲げ、疾風は後退さった。大柄な疾風がイタチの風助よりも小さくなってしまったような態度だった。

「傷つけた罰を受けろっていうなら覚悟はできてるんだ。でも、でもよ、仲直りだなんてそんな……っ。俺はあの時、お前を泣かせちまった。群の奴らを傷つけちまった。本当は合わせる顔もねえんだ。なのに今さら許してもらうことなんて……っ」

そう言うと、疾風ははっとした顔で林の先を見た。木々の向こうには疾風があんなにも願っていた焼きそばの出店がある。

いつも精悍なはずの顔がくしゃくしゃに歪んだ。

「俺は馬鹿だ……っ。料理をしたところで群の奴らのためになるわけでもねえのに、まるで何かを償えた気になったりして……っ」

今の疾風自身をすべて否定するような言葉だった。遥は反射的に声を張り上げる。

「そんなこと言わないでよ！　僕は疾風の料理を――」

「すまん、遥！」

言葉をかき消すように叫び、疾風はさらに後退する。

「疾風さんっ」

「本当にすまねえ、風助……っ！」

風助にも叫び返し、疾風は背を向けた。そのまま止める間もなく、逃げるように裏通りの方へ駆けていってしまう。あっという間の出来事だった。

「疾風……」

遥は茫然としてしまう。あの疾風が料理すら投げ出して去ってしまった。先日の雅火とはわけが違う。これは……途方もないことだ。

でもいつまでも立ち尽くしてはいられなかった。遥ははっと息をのむ。

疾風が去り、取り残された風助が……ぽろぽろと涙を流していたから。

「やっぱりそうだったんだ……。ボクはあの時、疾風さんのことを深く傷つけてしまっていたんですね……」

ずっと背負っていた風呂敷包みを両手に抱き締め、風助はすんすんとしゃくり上げる。

「今さら仲直りしたいなんて……ボクはなんて馬鹿なんだろう。大切な人をあんなに傷つけておいて、そんなこと許されるはずないのに……っ」

「風助……っ」

違う、と言ってあげたかった。

疾風は罪の意識に苛まれてるだけだ。ちゃんと向かい合って話をすれば絶対にわかり合える。仲直りできないなんてあるわけない。

でも今、自分がそれを口にしてはいけない。

これは疾風が風助に言うべきことだ。だからきつく唇を嚙みしめて我慢した。

遥は思う。

この夏祭りの夜、瞬く星空の下で——改めて、疾風のことを想った。

疾風は今、黄昏館の料理人として、毎日腕を振るってくれている。

美味しいよ、と言う度、疾風は心底嬉しそうな顔で笑ってくれる。

その笑顔が遥はとても好きだった。

だけど。

疾風が料理で満腹にしてあげるべき相手は、きっと他にもいる。

長い長い旅をしてここまできてくれた、風助。疾風は今こそこの子に料理を振る舞うべきなんだ。

今こそ自分が疾風の背中を押してあげなきゃいけない。

そのためだったら、僕は——なんだって出来る！

「雅火、ここにきて。最優先だ！」

そう叫ぶと同時、風のなかで狐火が瞬き、スーツ姿の執事が姿を現した。

「お呼びになられましたか？」

「状況はわかってるね？」

「はい。六花を通して視ておりました。まさかあの疾風が料理よりも優先させることがあるとは……」

「優先したんじゃない。たぶん……手放すことが自分への罰だと思ったんだよ」

疾風はそういう顔をしていた。まるで自分の半身を引き裂いてしまうような顔を。

遥はしゃがみ込み、風助の涙をそっと拭って語りかける。

「ね、風助。お腹空いてないかな？」

「遥さん……？」

「僕さ、腕利きの料理人を知ってるんだ。その人の料理を食べたら、美味しくて美味しくて風助も絶対笑顔になれるよ」

「でも疾風さんはもう……」

「大丈夫、僕が必ず捕まえる」

宣言するつもりで言い切り、風助を抱き上げた。

　そのまま立ち上がり、肩越しに雅火を見つめる。前髪がさらりと揺れ、林越しの提灯の明かりで、青空色の浴衣が鮮やかに照らされる。

「雅火」

「はい」

「この街で一番強いあやかしは誰？」

「『妖狐の執事』たる私です」

「雅火と疾風はどっちが強い？」

　主の真剣さに応え、執事は胸に手を置き、正直に告げた。

「お互い本気でぶつかったことはございませんが……おそらく疾風は私に拮抗する力量かと」

「じゃあ、疾風が本気で逃げたら雅火ひとりで捕まえるのは難しいね」

「遺憾ながら仰る通りです」

「だったら」

　すっと振り向き、雅火に正面から向き合った。

「黄昏館の当主が全身全霊で本気を出したら……捕まえられるかな？」

「遥様……？　それは一体どういう……」

　雅火の表情に戸惑いが浮かぶ。珍しく言葉の意味を図りかねるという顔だった。

遥は静かに歩を進め始める。祭りの喧騒を聞きながら、自分の心のなかを見つめた。

「先代の当主だったおばあちゃんはさ、街中のあやかしから恐れられていたんだよね？」

「ええ……どんな屈強なあやかしにも動じず、時には手段も選ばない、強い当主——それがみすず様が知らしめた当主像でした。それが何か……？」

「ずっと不思議だったんだ。僕の思い出のなかのおばあちゃんは柔らかく笑う、とても優しい人だった。そのおばあちゃんがどうしてそんな強い当主になったんだろうって。でもさ、今……ようやくわかったよ」

足を止めた。

見上げれば、星。夜空のなかに燦然と輝く星々がある。手を伸ばしても、遠く届かないものだと思っていた。でも今なら……届きそうな気がする。

風助を左腕に抱き、遥は大きく右手を伸ばした。祖母から受け継いだ組紐が穏やかに揺れる。

「——大切な人たちのために強くなりたい。きっとおばあちゃんは、今の僕と同じ気持ちだったんだ」

一瞬、組紐が星のように輝いた。

何か力をもたらすためではない。遥の変化に呼応したような光だった。

その違いを感じ取り、雅火は目を見開く。

「遥様、今の光は……っ」

「やるよ、雅火。今この瞬間から僕も強くなる。全身全霊で疾風を捕まえる！」

決意を込めて、遥は右手を握り締めた。


裏通りはひと一人がやっと通れる程度の細い小道だ。しかしそこにはあやかしの結界が張られており、一度あちら側の領域に入れば、表通りと同じような景色が広がっている。

疾風は自分の出店から離れ、結界のなかへと飛び込んだ。

一瞬、視界がぼやけるような感覚があり、次の瞬間には盛大な祭囃子ときらびやかな縁日が現れた。

もちろん客も店主もあやかしばかりだ。河童の金魚すくいでは店主がしょっちゅう水槽から水をすくいあげ、頭の皿を湿らせている。女郎蜘蛛の綿菓子店では店主が口から糸を吐き出し、砂糖と混ぜて、小豆洗いの子供たちに売っていた。

疾風はあやかしの人だかりのなかを走り続けた。足を止めるつもりはない。むしろ止まることが恐ろしかった。

「ごめんな、遥。ごめんな、風助。でも本当にどうすりゃいいか分からねえんだ……っ」

どこに向かえばいいかもわからないまま、ひた走る。だがその途中でドンっと誰かにぶつかった。

「危ねえな、兄ちゃん。気をつけろ……ん？　あ！　おい野郎共、いたぞ！　鎌鼬だ！」

「は？　な、なんだ⁉」

ぶつかったことで喧嘩を吹っ掛けられるのなら無視しようと思っていた。だが相手は疾風の顔を見た途端、大声で仲間を呼んだ。

ぶつかった相手、そして呼びかけで一斉に集まってきたのは、青鬼たちだった。

一体、どこにこんな人数がいたのか。人だかりや林のなか、果ては出店をやっていた青鬼まで、一気に数を増やして飛びかかってきた。

「おい、待て！　こりゃ一体どういうことだ⁉　俺が何したってんだ⁉」

「そんなこと、こっちは知るかよ！　ウチの若頭経由で黄昏館のご当主からお達しが出たんだ。『どんなことしてもいいからウチの鎌鼬を捕まえてくれ』ってな！」

「な……⁉　は、遥の差し金かよ⁉」

呆気に取られた拍子に青鬼たちが力任せに抱き着いてきた。さすがは鬼というべきか、純粋な力比べだと後れを取ってしまうかもしれない。しかし疾風には鎌鼬の術がある。

「離せ、ちくしょう！　てめえら頑丈そうだから手加減しねえぞ！」

瞳が青く輝き、烈風が迸った。

疾風の体から発せられた風によって、青鬼たちは「うおお⁉」と吹っ飛んだ。宙を舞った巨体は出店の屋台に突っ込んだり、林の木々をなぎ倒す。

とんでもない大惨事だが、集まっているあやかしたちはお祭り好きばかりで、「おお、いいぞーっ！」と喚声を上げた。

するとほぼ同時に裏通りの神社側から遥たちが姿を現した。

雅火と、そして青鬼の若頭もいる。

「かーっ、情けねえ！　ウチの若い衆じゃ『鎌鼬の用心棒』の足止めにもならねえか！」

「ごめんね、若頭。みんな、怪我してないといいけど……っ」

「気にしないで下せえ。あやかしの喧嘩は祭りの花ですからねえ。むしろお役に立てなくて申しわけねえくらいですぜ」

「大丈夫、役には立ってくれたよ。おかげでこうして追いつけた。――疾風！」

遥は浴衣(ゆかた)の袖(そで)を翻して、呼びかける。

「今すぐこっちに戻ってくるんだ。じゃないと手段を選ばず徹底的にやるからね⁉」

「は、遥……っ」

疾風の目に一瞬、躊躇(ためら)いが生まれる。しかし浴衣の背に六花の姿がなく、代わりに風助がいることに気づき、目を伏せた。

「わりぃ、今回だけは勘弁してくれ……っ！」

背を向けて駆け出した。

すぐに追いかけて走り出しながら、遥の隣で雅火が顔をしかめる。

「まったく、往生際の悪い。遥様、この距離ならば追いつけます。私が参りますか？」

「いや雅火ひとりで追いついても止めらないと意味がない。ここは作戦通りにいこう。次の手は——みんな！　お願い！」

遥が叫んだ途端、疾風の周囲に一斉に気配が生まれた。

強者の勘で瞬時に構えるが、鎌鼬の風が放たれることはなかった。なぜならば疾風が面と向かって戦えない相手だったから。

「わかったー！　まかせて、はるかーっ！」

「たーくんに名付けてもらえたご恩、裏山たぬき全員でお返ししまーす！」

六花の率いるこぎつねたち。

ぽこ太の率いる裏山たぬきたち。

可愛いあやかしたちがファンシーな雪崩のように疾風へ飛びかかっていく。

「なにぃ!?　ウソだろ、遥!?　こりゃいくらなんでも反則だぜ!?」

「疾風は弱い者いじめなんて絶対しないからね。なんの力もないこぎつねやこだぬきたちには手も足も出ないだろ！」

「そりゃそうだけどよぉ……っ」

飛んでくる可愛い刺客を右に避け、左に避け、疾風は右往左往する。

六花以外のこぎつねたちは屋敷にいたのだが、大ぎつねの狐車に乗せて超特急で呼び寄せたのだ。同じく南童寺にも大ぎつねに向かってもらい、裏山たぬきたちも来てもらった。

「縁のあるあやかしたちに片っ端から頼んでみんなの力を集める。これが黄昏館の当主、高町遥の全身全霊、全力の本気だ！　疾風、僕の味方はまだまだいるぞ！」

「ほ、本当に手段を選んでねえな……っ。いくら俺でも分が悪いぜ。こうなったら……上だ！」

疾風の見上げる先、そこにはカラス天狗たちが空中神輿を担いでいた。金や銀のまばゆい装飾が施された、豪勢な神輿だ。

激しい風をまとい、疾風は一気に跳躍した。何メートルという高さを飛び、空中神輿の中央にドンッと降り立つ。

カラス天狗たちは「おお！　若いの、見事な飛びっぷりじゃないか！」と感嘆の声を上げた。疾風を気に入ったのか、そのまま飛んでいってしまう。

これには遥も驚いた。

「疾風って空も飛べたの!?　それこそ反則じゃないか!?」

「鎌鼬はそもそも風に乗って移動するあやかしですから……疾風であれば不可能ではないかと」

「どうにかしてあの空中神輿を止めないと……っ。よし、雅火、こっちだ！」

「そちらの方向にあるのは……まさかあの重鎮に力を借りるのですか？」

「そうだよ。今の僕は手段を選ばない！」

駆け足でたどり着いたのは、他の店を威圧するほどに一際大きい出店。

のっぺらぼうのお面屋さんだ。

通りに向けてお面が掛かっていて、でもその奥は集会所のようになっている。遥は出店の台に身を乗り出した。びっくりしているのっぺらぼうを無視して、奥へと話しかける。

「ぬらりひょん！」

その声を聞いて、酒を飲んでいたあやかしが振り向く。

ぱっと見は老人のようだが、頭が大きくて瓢箪(ひょうたん)のような形をしている。着ているのは上等な和服。いつも手にしている杖(つえ)は、近くの台に立てかけてあった。

この街の四大重鎮の一角、南のぬらりひょんだ。

「なんじゃ、妙に通りが騒がしいと思えば……高町遥、一体儂(わし)になんの用じゃ？」

「ちょっと力を貸して！　お茶会の時、相手の心を読んだり、幻を見せたりできるって言ってたよね？　それをやってほしいんだ！」

「はあ？　なんじゃと？　儂に……力を貸せと、そう言ったのか？」

「そうだよ！　お願い、時間がないから早く！」

「コンの……無礼者めが！」

ぬらりひょんは杖を手にすると、顔を茹でダコのようにして詰め寄ってきた。

「いつぞや儂に煮え湯を飲ませたことを忘れたわけではあるまいな!?　確かに当主として認めはしたが、儂自身が貴様に頭を垂れたわけではないぞ!?」

「別に頭を下げてほしいなんて思ってないよ。ただ力を貸してほしいんだ」

「愚か者め！　儂が貴様の手助けなんぞする道理がどこにある!?」

「いいじゃないか。同じ街に住んでる仲間なんだから助け合おうよ」

「断る！」

「どうしても？」

「くどい！」

予想はしていたけど、やっぱりぬらりひょんは手強い。でも諦めるつもりは毛頭なかった。強くなると決めたのだから。

幸い、こういう頑固な相手への対処法は彩音が見せてくれたばかりだ。

「雅火」

「はい」

「雅火とぬらりひょんって、本気でぶつかったらどっちが強い？」

「なぁ!?　ななな、なに言っとるんじゃ、貴様はぁ!?」

ぬらりひょんの顔が一気に真っ青になった。

一方、執事は「なるほど」と意図を汲み、空中に特大の狐火を出した。青白い輝きに照らされ、すごい迫力で微笑む。

「相手は最古参の大重鎮ですが、私も黄昏館の執事として後れを取るつもりはございません。三秒ほど頂ければ、見事に料理してご覧に入れます。レア、ミディアム、ウェルダン、お好きな火加減をお申しつけ下さい」

「わ、儂を脅しとるのか⁉」

「そんなつもりはないよ」

遥はにっこりと微笑む。イメージするのは雅火がレッスンをする時の笑顔。

「僕は力を貸してほしいだけなんだ。もちろんちゃんとお礼はするよ？　疾風の作った氷菓子とかどうかな？　ぬらりひょん、あれ好きだったでしょ？」

「…………きょ、協力を断ったら本当に妖狐をけしかける気か？」

「ぬらりひょんはレア、ミディアム、ウェルダン、どれが好き？」

南の重鎮は顔を引きつらせ、やがて……がっくりとうな垂れた。

「………………儂はどこに術を掛ければいい？」

「ありがとう！　そう言ってくれると思ってたんだっ」

猫又と化鼠に対峙した時の彩音の真似だったけど、上手くいった。内心、ひやひやしていたからほっとした。

ぬらりひょんはしぶしぶといった様子で店から出てきて、狐火を消した執事へ、ぽつりと愚痴る。

「……先代に似てきおったな。憎々しい話じゃわい。おい、妖狐。お前も先代にはさんざん振り回されておったろ？　これから苦労するぞ？」

「そのようなことは……」

「ないと言えるのか？」

「……一応、覚悟はしておきます」

さりげなく心の通じ合った二人だった。

その間に遥は裏通りの真ん中に出た。ぬらりひょんに手早く説明し、カラス天狗たちを指し示す。

南の四大重鎮が杖を掲げると、どこからともなく闇のような靄が現れ、空中神輿を包み込んだ。途端にカラス天狗たちの羽ばたきが弱くなり、神輿が地面に近づいていく。

ぬらりひょんの術で幻を見せているのだ。急激な下降によって、疾風は神輿の上でたたらを踏む。

「なっ、こりゃまさか……ぬらりひょんの旦那の術か⁉　あの気難しい旦那まで引っ張り出してきたってのかよ……っ」

神輿はその間も落下を続けている。ちょうどその真下にはあやかしの領域特有の大樹があった。枝に引っ掛かり、神輿はようやく動きを止める。ズシンッと振動を受け、さしもの疾風もバランスを崩した。その隙を遥は見逃さない。

「今だ、雅火！」

「かしこまりました！」

銀髪をなびかせ、雅火が宙を駆ける。野次馬的な周囲のあやかしたちも一大対決の雰囲気を感じて喚声を上げた。

疾風はすぐに体勢を立て直し、構えを取る。

「雅火、ついにお前が来んのか……っ」

「覚悟しなさい、疾風！　今日こそ決着をつけてあげましょう！」

「決着だと⁉　そこまで本気なのかよ。……くっ、いいぜ。そっちがその気ならやってやる！」

夜空に狐火と烈風が巻き起こり、疾風の意識は完全に目の前に集中した。

その瞬間、雅火は涼しげに笑って、肩をすくめた。

「やれやれ、浅はかですね、疾風。遥様が私とお前の本気のぶつかり合いなど許すと思いますか？」

「なに？　どういうことだよ⁉」

「疾風、雅火は囮(おとり)さ。本命は別にいる。――お願いします、友禅さん！」

浴衣の袖を振り上げて、遥は声を張り上げた。

その瞬間だ。

出店の一つから突然、無数の反物が伸びたかと思うと、烈風をものともせず、あっという間に大樹の枝までたどり着いた。そして瞬く間に疾風の両手両足に絡みつき、しっかりと縛り上げる。

「な、なんだこれ……っ」

驚きつつも疾風がさらに風を放つ。だが反物は体を締め付けたまま、一切緩まない。

「ウソだろ⁉ 俺の風でもビクともしねえ……っ。なんなんだ、この布は⁉」

「……なんのことはない。年季が入っているだけのただの反物だ。ただし古い店を長らく支えていたからな。強度と粘り強さだけは折り紙付きだ」

そう言って、出店の一角から職人姿のあやかしが姿を現した。

年齢は五十代ぐらいの人間に見えるが、作務衣の隙間からいくつも反物が伸び、ひとりでに揺れている。

西の商店街で仕立て屋を営んでいる、友禅。遥の浴衣を仕立ててくれた人物だ。

友禅は今日、貸衣装屋として縁日に店を出していた。遥は申請書でそれを知っていたため、疾風に姿を見せる前にあらかじめ協力を頼んでおいたのだ。

以前、仕立て屋にいった際、友禅が反物の術で古い家を何十年と支えているのを見たことがあった。だから彼の術ならば疾風を捕まえられるかもしれないと考えた。

もちろん友禅が止められなくとも、力を貸してくれるあやかしはまだまだいる。いわばこの街全体が遥の力だ。疾風が独りきりな時点で逃げられる道理はない。遥——否、黄昏館当主の完全な勝利だった。

友禅のもとへ駆け寄り、遥はお礼を言う。

「ありがとうございました、友禅さんっ。おかげで助かりました」

すると友禅は職人らしいぶっきらぼうな口調で返した。

「礼には及ばん。せっかく仕立てた浴衣を汚されては敵わんから手を貸しただけだ」

「そうだ、この浴衣もありがとうございました」

「気に入ったか？」

「はい、とっても。ずっと大切にします。何年も何年もずっと」

「馬鹿を言え。子供のお前はまだまだ背が伸びる。丈が合わなくなったら教えろ。……また何度でも仕立ててやる」

口元にほのかな笑みを浮かべ、職人はそっぽを向いた。

すると少し離れたところにいるぬらりひょんが口を開いた。珍しく感心しているような様子だった。

「あれは……西の付喪神の友禅か？　高町遥、あやつとも繋がりがあったのか」

「ぬらりひょん、友禅さんのこと知ってるの？」

「知っとるも何も……奴は儂と同格の古参じゃぞ？　しかもその昔は西を席捲しかねん勢いだった武闘派じゃ。今でいう『妖狐の執事』のようなもんじゃな」

「えっ、そうなんですか、友禅さん？」

「……昔の話だ。余計なことを言うな、ぬらりひょん」

どうやら友禅さんも昔はヤンチャをしていたらしい。疾風を捕まえてもらうには最高の逸材だったのかもしれない。

ともあれ、これで逃走劇は終わった。

遥は大樹の枝に引っ掛かった神輿を見上げる。

「疾風、もう観念したよね？　風助の話を聞いてあげて」

反物に縛り上げられ、疾風は俯いている。

「まさかこの俺が捕まっちまうなんて夢にも思わなかったぜ……。お前は本当にすげえ奴だよ、遥。でも、でもよ、俺はやっぱり……風助には合わせる顔がねえんだよ」

「疾風さん！」

声を上げ、風助が遥の肩から飛び降りた。神輿の真下へいき、必死に訴えかける。

「そんな哀しいこと言わないで！　ボクも正直、くじけちゃいそうになってたんです……。でも遥さんにこんなに頑張ってもらって、勇気をもらいました！　だからもう一度、ちゃんと伝えます。疾風さん、あの時……泣いちゃってごめんなさい！」

「な……っ」

疾風は驚いた様子で身を乗り出した。

「なに言ってんだ⁉　なんでお前が謝るんだよ⁉　お前が謝る理由なんて一つもねえ！　悪いのは俺だ、俺が……お前たちをひっかき回して、ボロボロにして、腹ぺこのお前の辛さにも気づいてやれなかった。だから……」

風助は目を丸くした。

「だから……疾風さんは料理人になったんですか？　あの時、ボクが『お腹空いたよぉ』って泣いたから……」

罪を告白するように疾風は言う。

「二度と間違えるもんかって思ったんだ……。腹を空かせた子供がいたら、強い力じゃなく温かい飯を与えてやれるような男になりたくて……。でもよ、そんなの……お前たちには関係ねえよな。あん時、俺に連れまわされて、酷い目に遭わされた群のみんなにはなんの罪滅ぼしにもならねえ……っ。安心してくれ、俺はもう料理なんて――」

「違います！　罪滅ぼしなんていらないんです！　だってボクらはずっとわかってた！　疾風さんは――」

その言葉の途中で、突如轟音が鳴り響いた。音の出所は大樹の枝。神輿の重さを支えきれず、今にも折れそうになっていた。

ぬらりひょんの術に掛かっていたカラス天狗たちは我に返り、慌てて飛び立つ。ほぼ同時に枝が千切れ、神輿が真っ逆さまに落ち始めた。あやかしたちが悲鳴を上げる。落ちていく神輿の真下に――子供のイタチがいたから。

「あ……」

風助は落ちてくる巨大な物体を茫然と見つめる。

力のあるあやかしたちは子供イタチを助けようと一斉に動いていた。でもその全員を置き去りにするほど、真っ先に動いたのは、

「風助――ッ！」

まさしく落下中の神輿の上にいた疾風だった。

瞳が青の輝きを放ち、風をまとった両腕が強靭な反物の戒めを引き剝がす。神輿の縁を蹴って、疾風は風助のもとへ飛び込んだ。その手が小さな体を抱く。直後、神輿が地面に激突した。

大樹の根元に激しい土煙が吹き荒れ、雅火が険しい顔で駆け出そうとする。

「救出に向かいます！」

「いや大丈夫だよ、雅火」

スーツの腕を遥はそっと掴んだ。確信を持って土煙の向こうを見つめる。

んだから」

「間に合わないわけがないさ。だって……疾風のあの風は、ずっと風助の群を守ってきたんだから」

ゆっくりと土煙が晴れていく。やがて姿を現したのは、瓦礫(がれき)のようになった神輿。そして傷一つない風助と、その身を抱く疾風だった。

雅火がほっと体の力を抜き、遥も腕を離す。

二人の視線の先では、疾風が困り切った顔をして風助に話しかける。

「勘弁しろよ……こんなところでお前がペシャンコになっちまったら、群の奴らがどんなに泣くか」

「……すみません。でもわかってました。絶対、疾風さんが助けてくれるって」

「馬鹿言うな。絶対なんてことは……」

「だって、群にいる時もそうでしたから」

「……っ」

疾風は息をのみ、風助はその手のなかでしっぽを揺らす。

「ボクたち、ちゃんとわかってたんですよ。疾風さんはボクたちを守ろうとしてくれてるんだって。でもボクたちには力が無くて、疾風さんについていくことができなかった。そのことをずっと悔やんでたんです……」

「待ってくれ、お前ら……俺を恨んでねえのか？」

「恨んでたら仲直りなんてしません」

はらり、と風呂敷包みがほどかれた。出てきたのはたくさんの木の実。

「これは……」

「ボクたちで育てたんです。疾風さんと一緒に食べたいなって思って」

「お、俺と……？」

「みんな、待ってます。疾風さんとまた一緒に笑い合える日を」

「風助……」

疾風は茫然としている。まだ気持ちの整理がつかないみたいだ。だから遥はそっと近寄った。疾風の背中を押すために。

「良かったね、疾風」

「遥……」

「ねえ、風助。お腹空いてない？」

意味ありげに視線を向けると、風助はすぐに気づいてしっぽを振った。

「はいっ、ここまで長旅だったから——とってもお腹が空きましたっ」

「……っ！」

疾風の表情が崩れる。今にも泣いてしまいそうなほどに。その肩を遥はぽんっと叩いた。

「風助に言ったんだ。腕利きの料理人を知ってるって。その人の料理を食べたら美味しくて美味しくて絶対笑顔になるよって。ね、疾風。風助が持ってきてくれたその木の実を使ったら、最高の料理ができそうじゃない？」

疾風は涙を堪（こら）えるように俯いた。

でもやがてゆっくりと顔を上げる。

「風助」

「はい」

「俺と……仲直りしてくれるか？」

そう言った疾風の表情は泣き顔ではなく、八重歯の覗（のぞ）く笑顔だった。


その後、青鬼たちの詰め所にいって、簡易厨房（ちゅうぼう）を貸してもらった。材料はそこらじゅうの出店から融通してもらい、疾風は腕によりを掛けて料理を始める。

待っている間、雅火が何とも言えない顔でため息をついた。

「……壊れた出店や神輿の補償は黄昏館持ちになるのでしょうね。執事としては頭が痛いです。疾風の責任はもちろんですが、当主である遥様のご判断の結果でもありますよ？」

「まあまあ、それは僕が調停の仕事を頑張っていくから」

「調子のいいご発言ですね、やれやれ……」

実際のところ、調停の仕事でお金が入ることはあまりない。そもそもお金を使うようなあやかしが少ないからだ。

どちらかというと大切なのは貸し借りの関係を作ることで、当主として仕事を重ねれば、出店や神輿の修理ぐらいはみんなに助けてもらえるようになるはずだ。

雅火はまだ小言を言い足りないらしく、それを聞きながら宥めていると、やがて疾風が厨房から出てきた。

お皿に載っているのは、縁日にぴったりなお好み焼き。

有り合わせの材料で作ったものなのに、疾風の腕が遺憾なく発揮されていて、見るからに美味しそうだった。ソースの上には風助の木の実で作った、疾風の秘伝のふりかけが載っている。

詰め所には今回手伝ってくれたあやかしたちがみんな集まっている。誰もが疾風のお好み焼きに舌鼓を打ち、そのまま宴会が始まりそうな勢いだった。

もちろん中心にいるのは風助だ。ぱくりと一口食べたところで、遥は尋ねた。

「どう？　疾風の料理は？」

「とっても美味しいです！　疾風さん、ボク、お腹いっぱい食べますから、たくさん作って下さいねっ」

その言葉を聞き、厨房の疾風は目じりをぬぐって笑った。

「おう、たんと食ってくれよ、風助！」

そう言うと、そそくさと厨房の奥へ引っ込んでいく。その理由にすぐに気づき、遥はそっと席を立った。

厨房に入ると、疾風はしゃくり上げながらお好み焼きのタネをかき混ぜていた。

「手伝おうか？」

「わ、遥っ、なんだよ、いきなり後ろからくるなって。こっちは大丈夫だから風助と一緒に食っててくれ」

「でもひとりでやってると感傷的になっちゃうでしょ？　涙がお好み焼きに入っちゃいそうになってるよ？」

手を止めると、疾風は着物の袖で雑に目元をぬぐう。けれどすぐに涙がにじんできて止まりそうにない。遥は疾風の顔を覗き込む。

「どうする？　本当に手伝わなくていい？」

料理人はとうとう諦めた顔で、手元のボールを差し出した。

「……頼めるか？　俺と一緒に作ってくれ」

「うん、頼まれた」

そうして二人で並んで厨房に立った。

疾風と料理をするのは、裏山たぬきたちの時に柿のハチミツパイを作って以来だ。なんだか感慨深く思っていると、手を動かしながら疾風が囁いた。

「……ありがとな、遥」

「お礼なんていいいよ」

「けどよ、お前のおかげで俺は……」

手を止め、隣の疾風に笑いかける。

「だってさ、僕たちはダチでしょ？　水臭いことは言いっこなしだよ」

疾風は一瞬、虚を衝かれたような顔をした。でもすぐに顔いっぱいに笑みを浮かべる。

「本当敵わねえな、お前には」

「当然さ。今回のことで当主の立ち振る舞いも覚えたからね。もう僕は『妖狐の執事』にも『鎌鼬の料理人』にも負ける気しないよ」

「ははっ、実際そうかもしれねえから参るぜ、まったく」

お好み焼きのタネを鉄板へ流し込む。ジュウ、という小気味いい音を聞きながら遥は言った。

「風助が森に帰る時さ、疾風も一緒に群のみんなに会いにいくよね？」

「……いいのか？　屋敷の厨房、空けちまうことになるけど」

「いいよ。だって疾風にとって大切なことだもん」

ただし、と付け足した。

「必ず帰ってくること。疾風は僕のダチで、僕だけの料理人なんだからね？」

「ああ、わかってる」

　俺の帰る場所はもう決まってるからよ、と料理人は嬉しそうに笑った。


　そして。

　焼きそばの出店を彩音に任せっきりにしてしまっていることに気づいたのは、風助が満腹になり、他のあやかしたちも満足して詰め所を出ていった後だった。

「あ……っ、そうだ、疾風！　彩音と焼きそば！」

「――っ！　しまったっ。俺としたことがすっかり忘れちまってた……っ！」

　後片付けを雅火に頼み、せめてもと思って余っていたお好み焼きをパックに詰め、二人で詰め所を飛び出した。

　あやかしの結界を抜けて神社の階段下へ急ぐと、驚いたことに――彩音だけではなく、上森まで一緒に店を切り盛りしていた。

　しかも完売御礼。疾風が用意していた麺もすべて使い切り、二人は戦友のような絆を結んでいた。

「まさか完売できるとは思いませんでしたね、彩音さんっ」

「ああ、僕もここまでやれるとは思わなかった。お前のおかげだ、上森」

固く握手をしている二人の間に割って入れず、店の前で遥は目を瞬く。

「えーと、彩音、ずっと店番してたの？　しかも上森も一緒に？　なんで……？」

「む？　やっと帰ってきたか、愚図共め。僕と上森がどれだけ苦労したと思っている？　反省しろ」

「あのね、彩音さんがパックした焼きそばもすぐ売り切れちゃったんだ。でもお客さんたちがどんどん集まってきて、どうしてもって言うから、そこの段ボールに入ってた材料で作って売らせてもらいました。疾風さん、勝手なことしてごめんなさい」

遥の横で呆けていた疾風は大慌てで首を振った。

「謝るのはこっちの方だ！　いや……謝るより礼を言わせてくれ。ありがとよ、上森、それに彩音さん！　二人のおかげで俺の焼きそばをたくさんのお客さん方に食ってもらうことができた。こんなにありがたいことはねえよ。そうだ、上森、売り上げはぜんぶ持ってってくれ。今日のお礼だ！」

「僕にはないのか、鎌鼬!?」

「彩音さんにはもちろん別口で埋め合わせするからよ。ほら上森、持ってってくれ。じゃないと道理が通らねえ！」

缶に入ったお金を疾風は上森にぐいぐいと手渡そうとする。

「ええっ、いいですよいいですよ。彩音さんとお店ができて楽しかったし、花火の時間にも間に合ってるし、逆に申し訳ないですっ。……って、あれ？　疾風さん」

缶を返そうとしている上森がふと不思議そうな顔になった。

「目元が赤いけど……どうかしたんですか？」

「えっ、ああ、そのなんだ、こりゃ……」

助け舟を出そうかなと思っていると、逆に疾風がイタズラめいた表情で言った。

「遥に泣かされたんだよ」

「え、何言ってるのさ、疾風⁉」

「間違ってはないだろ？　お前のおかげなんだから」

そう言われたら、何とも言えない。

返事に困っていると、彩音と上森が思いきり真に受けてしまっていた。

「信じられん。あの鎌鼬が泣くほどとは、まさか高町遥が鎌鼬を腕っぷしで負かしたとでもいうのか……っ」

「そうなの⁉　ケンカはいけないよ、高町くんっ」

「ち、違っ、違うよ⁉　ちょっと疾風、ちゃんとフォローしてよ⁉」

こっちの文句なんてどこ吹く風という様子で、疾風は「へへっ」と肩を揺らす。

「いやいや遥は俺より強い男だからな。俺がおいそれと助け船を出すわけにもいかねえだろ。それに俺が泣くことなんてもう金輪際ないからな？　俺を最後に負かした男はお前だぜ、遥」

「いや、そんな称号いらないからっ。それよりちゃんと二人の誤解を解いてってば！」

興味津々の彩音とお叱り顔の上森に囲まれ、遥は大いに頭を抱えた。


その後、遥は上森と一緒にクラスのみんなと合流して、神社の境内へ向かった。

雅火は引き続きあやかし側の見回りをしてくれている。疾風も風助を懐に入れて人間側の見回りを買って出てくれた。

境内には多くの人たちが集まっている。大部分は人間たちだけど、なかにはあやかしたちも交じっていた。もちろん気づいているのは遥だけ。

こぎつねたちと裏山たぬきたちもせっかくだからとついてきて、神社の木々の上に登っている。

やがて最初の花火が打ち上がった。

甲高い音が鳴り響き、皆が空を見上げる。

「高町くん、来るよ来るよ」

「うん、いよいよだね」

一発目の花火を待ち遠しそうにしている上森に頷(うなず)き、遥はふと思った。

人間やあやかしという区別なく、今、誰もが同じ方向を向いている。

……こういうの、なんだか良いな。

大変な一日だったけど、終わってみればとても楽しかった。こんな日々がずっと続けばいいと思う。来年も、再来年も、その先もずっと。

そんな願いを込めて、遥は花火を見つめる。

賑(にぎ)やかな夏祭りの夜は、こうして——大輪の花で締め括(くく)られた。

第三話　音色はついに羽ばたいて

ヴァイオリンの演奏を控えて、高町遥(たかまちはるか)はふと思った。

夜雀(よすずめ)のあやかし、彩音(あやね)はいつも大きなコートを着ている。

本人曰(いわ)く、あれは心の鎧(よろい)らしい。しんどいことがあるとすぐにコートの襟を立てて顔を隠し、自分の心を守るのだという。

それは夏場の今も健在で、彩音は決してコートを脱がない。絶対暑いだろうに決して脱がない。

聞けば、祖母の代からずっとそうなのだという。一応、祖母がいた頃は黄昏館(たそがれかん)のなかでは脱いでいたものの、外に出る時は今と同じように必ずコートを着ていたそうだ。

再び黄昏館に住むようになって、雅火(みやび)などは『いい加減、季節感というものを考えなさい』と彩音によくお小言を言っているのだけど、遥は別段、それが悪いことだとは思わなかった。

生きていれば辛(つら)いことやしんどいことは山ほどあるし、遥自身も長いこと孤独を耐え忍ぶように生きてきた。大きなコートが彩音なりの現実との折り合い方ならば、尊重すべきことだと思う。

正直に言えば、むしろ真似してあやかりたいと思うことすらある。

演奏会の直前のこと。

大舞台を前にして、遥は思いきって彩音に『コートを貸して』と頼んでみた。

当然断られてしまったのだけれど……その理由は遥にとって意外なものだった。

彩音は言う。お前にはコートなど必要ない、と。

なぜなら高町遥は——。


いつもより少し早い時間に夕立が降り、雨粒で潤った庭園に爽やかな涼しさが訪れた。

ここ最近は暑くてなかなかテラスに出ることがなかったので、せっかくだからパラソルの下でお茶にしようという話になった。

テラスには真っ白なデッキテーブルがあり、遥が腰掛けると、雅火が横に立って紅茶を淹れてくれた。

洗練された手つきのもと、琥珀色の小川がティーカップのなかへ注がれていく。こうして雅火が紅茶を淹れてくれる姿が遥は結構好きだった。

「お待たせ致しました。どうぞご賞味下さいませ」

「ん、ありがと」

テーブルには三段重ねのティースタンドが置いてあり、小さなケーキやマカロンが可愛らしく並んでいる。最近は疾風(はやて)がお茶菓子を用意してくれることが多かったけれど、今日は雅火が作ってくれた。久しぶりなので見るからに気合いが入っている。

疾風は今、イタチの風助(ふうすけ)と一緒に里帰りをしている。イタチの森は疾風の生まれ故郷というわけではないのだけど、遥が『それって里帰りだね』と言った時、疾風がなんとも照れた顔をしていたので、里帰りといっていいと思う。

屋敷の料理人が留守の間、厨房(ちゅうぼう)は以前のように雅火が担当している。おかげでアフタヌーンティー一つとってもこの気合いの入りようだ。

雨上がりの涼しさを感じながら、しばらく紅茶とお茶菓子を楽しんだ。そうしてティーカップに紅茶の二杯目が注がれたところで、雅火が「そういえば、遥様にお手紙が届いておりますよ」と言った。

「手紙？　僕に？」

雅火がお茶の時間に切り出すということは悪い話ではないと思う。有能なウチの執事は主(あるじ)の休憩時間を妨げたりはしないから。

「ええ、こちらです」

白手袋の手が一回転し、どこからともなく一枚の便箋(びんせん)が現れた。

受け取って見てみると、赤い蠟で丁寧に封がされている。使われている紙も高級そうだった。宛名と差出人欄はたぶん外国語。でも差出人の署名の横に……ファンシーなコウモリのイラストが描かれていて、思わず噴き出してしまいそうになった。

「これってひょっとして……」

「ええ、東の重鎮ロレンス伯爵からです」

あやかしたちはそれぞれに縄張りを持ち、周囲から一目置かれるほどの存在は重鎮と呼ばれる。

そのなかでもとくに影響力があり、街の東西南北を治めているのが四大重鎮と呼ばれるあやかしたちだ。

ロレンス伯爵は東の四大重鎮で、銀髪の雅火と対を成すようなブロンドのヴァンパイアである。

ヴァンパイアらしく、伯爵はコウモリに変身することができる。遥も一度その姿を見たことがあるのだが、妖艶な普段の姿とは似ても似つかないファンシーなコウモリだった。封筒のイラストはどうやらその姿を手描きしたものらしい。

「この絵、伯爵が自分で描いたのかな……？」

「おそらくは。使用人に代筆などは頼まない、筆まめな方ですから。その絵もご自身で描かれたものではないかと」

「さすがは重鎮、器の大きさを感じるね……」

ちょっと圧倒されつつ、自分を落ち着かせる意味で紅茶を飲み干す。

横からすぐに雅火が注ぎ足してくれる。

「手紙の内容はおそらくお茶会のお誘いでしょう」

「ああ、伯爵はおばあちゃんとよくお茶会をしてたんだっけ。初めてあった時も僕とお茶してくれたものね」

「ええ、それにそろそろ『宵月祭（よいげつさい）』の時期ですから。その打ち合わせも兼ねてということかもしれませんね」

「そっか……宵月祭。僕にとっては二度目だね」

宵月祭とは黄昏館が街中の重鎮を招いて行う舞踏会のことだ。恒例行事として春夏秋冬の終わりに催され、春の宵月祭では新たな当主となった遥の顔見せが行われた。

「遥様、こちらを」

雅火がさっきと同じようにどこからともなくペーパーナイフを出してくれて、手紙の封を開けてみた。

文面はこちらのためにちゃんと日本語で書かれていて、用件は雅火の言う通り、お茶会の誘いと宵月祭の日取りを尋ねるものだった。

「春の時ってロレンス伯爵は来てなかったよね？」

「四大重鎮にはそれぞれお立場がありますから。東の重鎮としてまだ静観されていたのでしょう。ちなみに西は来たがっていたようですが静養中で、北は北で事情が複雑ですので、四大重鎮で春に来ていたのは南のぬらりひょんだけですね」

「そうだそうだ、ぬらりひょんがクロスケを験狼にして、そのおかげで僕と雅火はあの時、ケンカしてたんだよね。今思うと、なんか懐かしいなぁ」

「ええ、今となってはいい思い出ですね。思えば、遥様と私のあの衝突もきっと必要なことだったのでしょう」

「必要なこと？」

「はい」

テーブルの上のこちらの手を握り、なぜかキラキラした瞳で微笑んできた。

「家族とは時としてケンカもするものですから」

「あー、うん、そうだね」

何やら頷く以外は許されない雰囲気だったので、大人しく頷いておいた。

なんだか雅火のなかで家族という言葉がものすごく重くなっている気がする。まあ困ることでもないので、受け入れておくことにしようと思った。

「そうだ、疾風は間に合うよね？　二、三週間で帰ってくるって言ってたし」

宵月祭の準備には執事の雅火も多忙を極めるし、食事はやっぱり正規の料理人である疾風に作ってもらいたい。意図を汲(く)んだ様子で雅火は頷いてくれた。

「宵月祭の日程を決めるのは我々黄昏館ですので、疾風の戻ってくる時期に合わせて調整致しましょう」

「良かった、ありがと」

「それからもう一点、今回の宵月祭では遥様に何か芸事(げいごと)をして頂ければと」

「芸事……？　どういうこと？」

「春は遥様の新たな当主としての顔見せでした。よって今回の夏は当主として不動の立場を築いていているという意味も込めて、お客様方へのおもてなしをして頂きたいのです」

「おもてなしか。うーん、以前に六花(りっか)が広瀬(ひろせ)と上森(うえもり)にしてくれた、花を飾るみたいなことではないんだよね？」

「技巧の凝らされた生け花、ということでしたらおもてなしにはなりそうですが」

伯爵からの手紙をテーブルに置き、腕を組んで考える。

舞踏会に来てくれるあやかしたちへのおもてなし。自分は何ができるだろう。

「ちなみにおばあちゃんは何をしてたの？」

「みすず様は琴の演奏をされておりました」

「あ、おばあちゃんって、お琴やってたんだ？」

「当主になられる前から趣味として弾かれていたそうです。ご本人曰く、腕前はあくまで素人の範疇とのことでしたが、音にみすず様の霊力を宿らせて演奏し、お客様方に大変好評でした」

……と、話しながら雅火もこれだと思ったらしい。

遥も同じ表情で質問する。

「以前に友禅さんのところでお世話になった時さ、僕が縫うと糸に霊力が宿ってあやかしにとって心地いい服になるって言われたんだ。音に霊力を宿すってそれと似たようなことかな？」

「相違ありません。人間が高い霊力を込めて奏でた音は、あやかしにとって至上の音色となります。きちんと修練を積めば、遥様にも会得できるかと」

よし、と遥は頷いた。

「決まりだね。琴だと触ったことないから、僕はヴァイオリンでやってみようかな。構え方ぐらいならもうわかるし」

遥は少しだけヴァイオリンの扱い方をかじったことがある。

先日の氷恋花の一件の後、彩音がいくつか演奏の手ほどきをしてくれたのだ。だから初歩程度のことならわかるつもりだった。

……と思ったのだけど、それはうぬぼれだったらしい。

横にいる執事がとても生き生きし始めたので、自分は未熟なのだと瞬時にわかった。

「では本日よりレッスンを開始致しましょう。今回、遥様の達成すべき目標はヴァイオリンの演奏及び霊力を込めた音の体得です」

チェーン付きの眼鏡を出して掛け、教鞭も取り出してパチンッと音を響かせる。

ノリノリだった。どう考えても逃げられない雰囲気だった。こうなったらもう諦めるしかない。

「はぁ、やっぱりそうなるよね……」

「音は目に見えませんので、霊力を込めるにはコツを掴む必要があります。ティータイムを終え次第、早速、レッスンに入りましょう」

「いいけどさ……家族なんだからちょっとは手加減してくれたら嬉しいな？」

「いいえ、遥様」

緩やかに首を振ると、雅火は心底楽しそうな笑顔で眼鏡をキラッと光らせた。

「心から大切に思えばこそ、時にはあえて厳しい愛の鞭を打つ！　それが家族というものです！」

「鞭を打つって言った⁉　今、鞭を打つって言ったよね⁉　駄目だよ⁉　物理的にその鞭を打つのは本当に勘弁してくれよ⁉」

「ええ、善処致しましょう」

「うわぁ、はいって言わない……」

ちょっとは加減してくれるんじゃないかと思ったら、逆にスパルタぶりに熱が入るようだ。疾風が不在だから盾になってくれる味方もいない。

自分の哀しい現状に、ほろり、と涙をこぼしそうになる。すると意外なところから助け船がやってきた。

「ちょっと待った！」

屋根の上から一匹の雀が舞い降りてきた。かと思うと、ほのかな光を放って、若い少年の姿になる。コートをなびかせ、彩音がテラスに降り立った。

「執事、お前のやり方は間違っているぞ」

「なんですって？　どういうことです、彩音？」

「高町遥が宵月祭でヴァイオリンを弾くというのなら――、……ひぃっ⁉」

勢い込んで何か言おうとしていた彩音だが、その言葉は途中で止まってしまった。

どうしたんだろう、と遥は彩音の視線の先を見て、一瞬で理解した。

雅火が大変怖い笑みを浮かべている。しかも教鞭をパシンッ、パシンッ、と鳴らしていた。

「彩音、まさか氷恋花の再調停の時のようにまた異議を唱えるつもりですか？　あの時はあなたが屋敷の外のあやかしということで目を瞑（つぶ）っておきましたが……黄昏館に帰ってきた以上、従者頭の私に異を唱えるのならば、相応の覚悟があるのでしょうね？」

「ちょ、ちょ、ちょっと待て！　確かに僕はここに戻ってきたが、高町遥の使用人じゃない！　言ってみれば食客だっ。従者頭のお前の下に付いてるわけじゃないぞ⁉」

「面白い。よもやそのような誤魔化しが私に通じると思っているとは……これは久々にあなたにもレッスンが必要なようですね……？」

「……っ⁉　た、た、た……」

彩音は今にも腰を抜かしそうな様子でこっちを見た。

「助けてくれ、高町遥っ！」

「……いや、何しに出てきたの、彩音」

助け船を出しにきてくれたのかと思ったら、逆に助けを求められてしまった。

雅火と彩音は二人とも祖母に仕えていた先代従者だ。その頃から彩音は雅火に頭が上がらなかったらしい。

自分も追い詰められていたところだが、あやかしの彩音に助けてと言われたら、黄昏館の当主としてはしっかりしなくてはいけない。深呼吸を一つして、執事に命じる。

「雅火、一旦ストップ。彩音を怖がらせないであげて。教鞭もしまって」

「しかし従者頭としましては……」

「当主命令だよ？」

「……承知しました」

しぶしぶと言った様子で教鞭をぱっと虚空に消す。同時に眼鏡も無くなっていた。どうやら教鞭と眼鏡は雅火のなかでセットのようだ。

と、同時に彩音が勢いを取り戻した。

「話は屋根の上から聞いていた！　ただの気まぐれで助けにきてやったぞ、高町遥！」

「いや今助けたの僕だけどね？」

こちらの小声をきっぱり無視し、彩音は雅火へと指を突きつけた。

「食客としてこの屋敷の楽器を調律しているのは僕だ！　高町遥の霊力を込められるようにするのならば演奏の仕方も一緒に手解(てほど)きした方が早い。ヴァイオリンを習得するというなら僕が改めて教えてやる！」

「え、彩音が教えてくれるの？」

「なりません」

それもありかな、と思った矢先、雅火が素早く遮った。

「当主見習いたる遥様に手解きをするのは執事の仕事。遥様をここまでお育てしたのは私です。彩音、お前の出る幕ではありません。下がりなさい！」

「いや雅火に育てられた覚えはないけどね？　それは言い過ぎだけどね？」

「異議を申し立てるぞ！」

一応、突っ込みを入れた矢先、今度は彩音が声を張り上げた。

「当主のことを思うのならば、教育はそれぞれの専門家が行うべきだ。楽器に関してならば、執事よりも僕の方が一日の長がある。本当に高町遥のことを考えているのならお前の方が下がるべきだろう。違うか!?」

「ふっ、まったく浅はかという他ありませんね。確かに楽器の扱いに関してならばお前に分があるかもしれません。ですが遥様に関してならばどうですか？　舞踏会のダンス然り、茶会の作法然り、お教えしてきたのはこの私です。遥様の教育に関して、私以上の専門家はこの世のどこにも存在しない、そう断言しましょう！」

　なんか話がややこしくなってきた。この辺でもう一度止めた方がいいかもしれない。

　それに二人は対等に言い合っているように聞こえるけど、雅火が喋りながら距離を詰める度、彩音はすごい勢いで後退りしている。そろそろテラスのウッドデッキから落ちそうだった。うん、やっぱり止めた方がいいだろう。

「はい、そこまで！　じゃあ、調停の結論を言い渡すよ」

　パンッと大きめに手を叩いて宣言すると、妖狐と夜雀は同時にこっちを振り向いた。

「調停……ですか？」

「いつの間にそんな話になっていたんだ……？」

　遥は椅子から立ち上がり、二人の間に立って、手招きする。

「だって、どう見ても僕を巡って争ってるだろ？　あやかしの問題を調停、解決するのが僕の仕事だからね。はい、じゃあ二人とも握手」

　手招きで寄ってきた二人の手を取り、握手させた。雅火と疾風の場合だと握手は嫌がるだろうから、やっぱり先代従者同士で距離感は近いのだろう。

「じゃあ、結論を言うよ？　二人で僕にヴァイオリンを教えて」

「二人で、ですか……なるほど」

「まあ、出来なくは……ないか」

　顔を見合わせる、雅火と彩音。

「いいでしょう。では私と彩音のダブル教師ということで」

「そういうことなら僕も異存はない」

「では彩音、あなたに教師役の秘蔵の道具を授けましょう。眼鏡と教鞭、好きな方を選びなさい」

「いや断固として辞退する。モノクルを付けているから眼鏡なんて使わないし、教鞭なんてもっと使わない」

「やれやれ、では従来通り、両方とも私が使用するしかありませんね。彩音、良い判断です」

「嬉しそうだな。元から僕に渡す気ないだろ……」

　突っ込みどころはあるけれど、どうやらちゃんと協力体制を取ってくれそうな様子だ。

「じゃあ、お茶を飲み終わったら、早速レッスン開始だね？」

遥がそう言うと、二人の教師はやる気に満ち溢れた顔で頷いた。


その後、場所を移してダブル教師のレッスンは幕を開けた。

ここは屋敷の歓談室。客人用の社交場の一つで主に酒類を振る舞う場所だ。遥が未成年なので普段はあまり使っていないが、小さなステージがあるので演奏にはちょうどいい。

フロアの奥にステージがあり、横にはピアノが置いてある。床の絨毯は濃いワインレッド。カウンターの棚には高級酒の瓶が並んでいる。

遥はもちろんステージ上にいて、彩音が用意してくれたヴァイオリンを構えている。

雅火は客席の位置で本場の音楽教師のように眼鏡を光らせていた。調律師の彩音はピアノも弾けるとのことで、こちらの様子を見ながら伴奏をしてくれている。

状況だけ見れば、雰囲気もあって、完璧な布陣だった。

でも完璧なのは見た目だけで、実際は思いきり難航していた。

「遥様、弓を弾く動作はもっと大きく雄大に！　ヴァイオリンは音だけでなく、奏でる姿そのものでお客様を魅了するものです。あなたこそがステージの主役であることを心掛けて下さい！」

「高町遥、体の動きが大き過ぎる、もっとコンパクトに！　見せかけのパフォーマンスなど考えるな。音色こそが主役なんだ。自分は楽器の添え物だと自覚して、美しい音を作り出すことだけに集中しろ！」

「どっちが正しいのさ⁉　二人とも言ってることが真逆だよ⁉」

弾き方一つでも正反対の指示が飛んでくる。

それは音に霊力を込めるやり方についても同様だった。

「人間が霊力を扱う時のコツはあやかしの術と同じだと言われております。目に見えぬものを操る時に大切なのは、想いの強さです。あなたを見ているお客様方のことを深く深く考えて下さい。その想いは必ず音色に宿ります」

「霊力を込めるやり方はあやかしの術と似たようなものだろうと、昔、みすずが言っていた。つまり必要なのは想いの強さだ。他人の視線など気にするな。自分の心に真摯に寄り添い、そこにある想いを音としてすくい上げるんだ。そうすれば必ず音は応えてくれる」

「最初は同じこと言ってると思ったのに、やっぱり根本の指示が真逆だよね⁉　どうすればいいのさ⁉」

二人は完全に真反対のことを言っていて、しかもお互いまったく譲る気がない。教わってるこっちは大変だった。

しかも最初に調停を持ち出して握手させたせいか、二人は正面から言い合いをしない。

時折、ピクピクと眉を震わせながら「なるほど、そういう意見もありますね」とか「そうかそうか、そういう考え方もあるな」なんて言って、水面下でけん制し合っている。

おかげで練習の方向性がまったく定まらなかった。

遥は胸中でため息をつく。

……わかりやすく対立してくれる分、雅火と疾風のケンカの方がまだやりやすいかも。

その後も数日間かけてみっちりと練習した。けれど一向に捗らない。

今日も真逆の指示が延々と続き、遥はステージの上でぐったりとうな垂れる。

「ちょっと一旦休憩にしていい……？」

「そうですね、根を詰め過ぎても逆効果ですし……」

雅火も客席の方で眼鏡のブリッジを押さえ、頭痛を堪えるような顔をしている。

彩音に至ってはピアノの前で体育座りし、コートの襟を上げて「なぜ上手くいかないんだ……」と落ち込んでいた。

思いきり暗雲の立ち込めた雰囲気だ。

そんななか、ふいに歓談室に軽やかな靴音が響いた。

「あらまぁ、見事に死屍累々ね」

ミレイだ。野薔薇のあやかしはバーカウンターの横で足を止めると、一同を見回して肩をすくめる。その腕にはクロスケも抱かれていた。

「わう」

ミレイに同意し、クロスケも呆れたような鳴き声を上げた。

ここ最近、クロスケはミレイのそばにいることが多い。ぶらりとさんぽしている間、庭師のミレイとはよく会うので、自然に仲良くなったのだろう。

「遥様、舞踏会の招待状はもう出しちゃったんでしょう？　黄昏館の宵月祭といえば、昔から重鎮たちの結構な関心事よ。そんな調子で大丈夫なの？」

「や、ちょっと厳しいかも……」

弱々しく返事をし、肩を落とす。

曲を演奏すること自体はどうにか形になってきた。でも肝心の音に霊力を込めることがまったく上手くいってない。やり方すらわからず、思いっきり暗礁に乗り上げていた。

「今にも寝込んでしまいそうな顔色ねえ。ワンちゃんを連れてきて正解だったわ」

ミレイがそう言うと、クロスケは「わう！」と腕から飛び降りた。そのままトコトコとこっちへ歩いてきたと思ったら、ぐっと頭を差し出してきた。

撫でていいぞ、ということらしい。

よく六花が『ボクのことぎゅーってする？』と言ってくれるので、それを真似しているようだ。

「クロスケ、いいの？」

「わう」

「じゃあ、お言葉に甘えて……」

真っ白な頭をよしよしと撫でてみた。柔らかい毛並みの感触が気持ちいい。

最初の頃はつかず離れずだったクロスケもこの頃はこうして懐いてくれるようになってきた。嬉(うれ)しくて、なんだか元気が出てくる。

「わう？」

どうだ？　という顔で見上げてくるので、笑って答える。

「ありがと、まだまだ頑張れそうな気がしてきたよ」

「わふう」

真っ白なしっぽが揺れる。それを見て、ミレイも笑みをこぼす。

「いい仕事をしたわね、ワンちゃん。最初は庭園にいるこぎつねたちを連れてこようと思ったんだけど、なんだかぐったりしてたから、代わりに連れてきてよかったわ」

「こぎつねたちがぐったり？」

「ええ、一匹残らず木陰でべたーっとなってたわよ？」

「あー、そっか……」

眷属(けんぞく)のこぎつねたちは雅火と魂を共有してる。だから雅火の疲れが伝わってしまっているんだろう。逆に言えば、万能執事の雅火がそこまでぐったりするほど、由々しき事態ということだ。

「ミレイ、助かったよ。ありがと」

「どういたしまして。でもねえ、遥様の元気が出たのはいいことだけど……」

ミレイはバーカウンターに肘(ひじ)を乗せ、頬杖(ほおづえ)をつく。

「問題は何も解決していないのよね？」

「教師たちの教育方針がてんでバラバラでね……」

と言った突端、一人目の教師が顔を上げて眼鏡を光らせた。二人目の教師も負けじとコートから顔を出してモノクルを光らせる。

「我々の教育方針は完全に一致しています。ただ遥様がもう少し耳の傾け方を工夫して下さればよいのです」

「僕たちの音色は一つとなって完全なハーモニーを奏でている。ただ高町遥がそこから正しい音色を汲(く)み取ればいいんだ。それですべて解決するんだ」

つまり両者とも自分の指示だけ聞けばいいのに、と言っている。

「ね？　ずっとこの調子なんだ」

「深刻ねえ。船頭多くして船山に上る、とはまさしくこのことだわ」

ミレイの旦那(だんな)さんは船乗りだったので、含蓄のある言葉だった。

「遥様がこっちにする、とか決めてしまうわけにはいかないの？」

「一応、それも考えたんだけど、事が事だけにどうしてもね……」

霊力を込める上で大切なのが想いの強さだとすれば、雅火はそれを外界を意識することで発揮し、彩音は内側に目を向けることで行っている。二人の性格そのままだ。だからどっちかを切り捨てるようなことはしたくなかった。

「まあ、言わんとしてることはわからないでもないけれど。だったら遥様、いっそのこと舞踏会の前に別のステージに立ってみたらどう？」

「別のステージ？　ってどういうこと？」

「ちょっとした荒療治よ。何かしらの本番が近づけば、少しは空気も変わるんじゃない？　もしくはそこで大失敗して、全員で大いに反省会をするっていうのもありかもね」

「うーん、いいアイデアだと思うけど、本番の舞踏会みたいに緊張感があって、なおかつ大失敗してもいいステージなんて……」

「あるわよ？」

「え？」

バーカウンターから肘を下ろし、ミレイはひどく気軽に言ってのけた。

「伯爵様とお茶会をする約束をしてるんでしょう？　あの人、遥様のことを自分の子供か孫みたいに気に入ってるし、頼んだら絶対手を貸してくれるわよ？」

「あ……」

なるほど、と思った。

「はは、子供か孫だなんてひどいことを言うね、ミレイも。私はまだまだそんな歳ではないよ？　遥君もそう思うだろう？」

「えーと、どうなんだろう……」

なんと言っていいかわからず、遥はとりあえず言葉を濁しておいた。

隣を歩いているのは四大重鎮のひとり、ロレンス・ルーファンス・ポートレッド伯爵。

その昔、海の向こうからやってきたヴァンパイアだ。

上着には繊細な刺繍(ししゅう)が施され、首元にレースの胸飾りをつけている。髪は純金を流し込んだような輝くブロンド。口には牙(きば)が生えているが、見た目は雅火と同じくらいの青年で、

確かに遥ぐらいの子供や孫がいるようには見えない。

でも伯爵は百年以上前からこの街にいる。ヴァンパイアの基準はわからないけど、人間でいえば孫どころかひ孫がいてもおかしくはない。

歓談室でのミレイの提案から五日後。

ヴァイオリンの演奏を聴いてほしい、という申し出を伯爵は快く承諾してくれて、今日を迎えた。

今いるのは伯爵が東の海に築いた、ヴァンパイアの城。あやかしの結界のなかに白亜の城が立っており、どこの窓からも港の景色が一望できる。

すでに『来賓の間』でお茶をご馳走になり、次はいよいよ遥の演奏を聴いてもらう番だった。伯爵が演奏場所を用意してくれたというので、廊下を移動している最中だ。

遥と伯爵が並んで前を歩き、雅火と彩音、それからヴァンパイアの使用人たちが後ろに付き従っている。ミレイも来る時は一緒だったのだが『わたしはお茶には興味ないし、庭園の様子をじっくり見せてもらおうかしら？』と言って、お茶会の前に出ていった。

昔、最初にこの城の庭園を世話していたのはミレイなので、気になっていたのだろう。

「しかし、まさかミレイが本当に遥君のところで働くことになるとはね。私はてっきり冗談だと思っていたから驚いたよ」

「僕も最初は少しびっくりしたかも」

「氷恋花の時にね。黄昏館で働くのが面白そうだと言っていたんだ。まさかあの言葉が本気だったとは。ああ、それに氷恋花といえば……」

ブロンドの髪をさらりと揺らし、伯爵は背後を振り向く。

「彩音君も無事に元の鞘に収まったようで何よりだ」

「う……」

伯爵の発言に他意はないだろうけど、彩音は気まずげに目を逸らした。コートの襟を引っ張って、首をすくめる。

「あ、あの時は……迷惑を掛けてすまなかった。反省している……」

「構わないよ。この街のあやかし同士、事情がある時は持ちつ持たれつさ。ただ、危険な氷恋花を持ち出されてしまった時はひやりとしたけれどね？」

「うう……っ」

「まったくです。ヴァンパイアの秘宝を奪うなどと、世が世ならば大罪ですよ？　ロレンス伯爵に全身の血という血を吸い尽くされても彩音は文句が言えない立場です」

「ううう……っ」

雅火も横からさらりと言葉を重ねてきて、彩音はますます小さくなった。

ああ、彩音。可哀そうに……。

ヴァンパイアと妖狐のドSコンビに捕まってしまったようだ。

伯爵は過ぎたことなんて気にしない。ただ彩音の反応が面白いので、いじわるを言っているだけだ。そこに自然体で乗っていく辺り、雅火もだいぶひどい。

助けてあげたいけど、雅火と伯爵の二人が相手となると巻き込まれるのは正直避けたい。

ちらりと見ると、ヴァンパイアの使用人たちも同じことを思っているようだった。目が合って自然に頷き合う。うん、やっぱりここは下手に口を出さない方がいいよね。

と思っていたのに、伯爵が目ざとく水を向けてきた。

「しかし使用人の責任は主の責任ともいう。血を吸い尽くすなら彩音君ではなく、やはり遥君から頂くのが筋じゃないかな？」

素早く雅火も乗ってくる。

「なるほど、ごもっともでございます。伯爵の慧眼には感服せずにはいられません。では遥様の血を汲むための杯は私がご用意致しましょう」

金髪と銀髪がさざ波のように揺れ、矛先がこっちに向こうとしている。

しかしそうはいかない。いつまでもやられっ放しの黄昏館当主ではないのだ。遥は即座に会話を切り返した。

「残念、彩音はまだ僕の従者じゃないんだ。誘いの言葉はよく掛けてるんだけど、なかなか頷いてもらえなくてさ。というわけで彩音の責任は彩音のものだよ？　ごめんね？」

「な……!?　た、高町遥ぁ!?　僕を見捨てるのか!?」

叫ぶ彩音へ、にこっと微笑む。時に笑顔は言葉より雄弁だ。遥の確固たる決意を見て、伯爵と雅火が感心する。

「ほほう。また一回り成長したね、遥君」

「ご立派でございます、遥様」

結果、ヴァンパイアと妖狐の矛先は夜雀に向かうことになった。しかし不幸中の幸いというべきか、彩音の受難はそう長くは続かなかった。

前方に金縁の大きな扉が見えてきて、伯爵が「おっと残念、もう着いてしまった」と肩をすくめる。

短時間でげっそりした彩音と満足げな雅火を残し、伯爵は前に出た。

使用人たちも一緒に歩を進め、扉が勢いよく開かれる。

「さあ、見てくれ、遥君。ここが君のステージだ」

ブロンドをなびかせながら手を広げ、伯爵が扉の奥を示す。

その瞬間、遥は愕然（がくぜん）とした。

「えっ⁉　こ、ここで演奏するの……っ⁉」

目の前にまるでオペラでもやるような荘厳な舞台が広がっていた。

深紅に彩られた客席は四階席まであり、一部の壁が大窓としてオーシャンビューになっている。燭台（しょくだい）を模したライトが整然と並び、天井には星座を象（かたど）ったステンドグラスが輝いていた。

しかも恐ろしいことに客席は満員。数十では足りない、数百人のヴァンパイアたちがモーニングやドレスで正装し、遥が入ってきた途端、スタンディングオベーションで出迎えた。嵐のような拍手を浴び、遥は顔を引きつらせる。

「は、伯爵……なんなの、これ？」

「もちろん遥君のためのステージさ。城にいる私の眷属を全員、観客として配置させてもらったよ。本番は宵月祭の重鎮たちに演奏するんだろう？　であればこの程度のステージはこなさいとね？」

爽（さわ）やかにウィンクされた。だが絶対に宵月祭よりこっちの方が緊張する。

なぜなら上流階級ぶりが尋常じゃないし、春の時の宵月祭を鑑みれば、重鎮たちより客席のヴァンパイアたちの方が圧倒的に多い。

しかもヴァンパイアたちは一見すると普通の美男美女。荘厳な舞台と相まって、本物のオペラ会場に素人の高校生が迷い込んでしまったような錯覚すらしてくる。

「伯爵……僕で楽しんでるでしょ？」

「はっはっは、まさかまさか。私はオファー通りにしただけだよ？　ねえ、雅火？」

「私の意図を汲んで下さった見事なお計らい、心より感謝致します、ロレンス伯爵」

「雅火も一枚嚙（か）んでたのか……っ」

今日の段取りをつける時に二人で色々と画策したのだろう。せっかく彩音に泥を被（かぶ）ってもらったのに、結局ヴァンパイアと妖狐のコンビに捕まってしまった。

どうしよう、こんなステージでまともに演奏なんてできるわけないぞ……っ。

歓迎の拍手を嵐のように浴びながら、遥は胸中で途方に暮れた。

「ご当主様、どうぞご武運を」

「ありがとう。頑張ってみるよ……」

ヴァンパイアの使用人が舞台裏の待機場に案内してくれて、一礼と共に去っていった。

広さは学校の教室ほどはあるだろうか。大鏡や譜面立てが並び、楽器の準備ができるようになっている。防音もしっかりしているので、音出しもしていいそうだ。

伯爵からは『準備ができたら舞台に出ておいで』と言われている。ヴァイオリンは肩当てや弓の毛の調整でそこそこ時間が掛かるので、その間、数百人のお客さんたちを待たせることになってしまう。普通のコンサートのように別の演奏者がいるわけでもないので、本当にただ待っているだけだ。

「胃が痛い……でも僕のこの緊張込みで伯爵と雅火は楽しんでるんだろうなぁ」

ちなみに雅火は待機場についてきていない。『予行練習です。宵月祭の本番も私はお客様への対応に追われているでしょうから』と言って、楽しげに伯爵と観客席の方にいってしまった。

「こういう時、家族って寄り添うものじゃないのかな……まったく、人をからかう趣味は変わらないんだから」

これまでの練習で一応、演奏だけならどうにか様になるようにはなっていた。なんだかんだでダブル教師の教えは活きている。

でも音に霊力を込める方はいまだにコツが掴めなかった。何度かそれらしき感触はあったけれど、安定して出来るというにはまだ程遠い。不安要素は山積みだ。

とりあえず別れ際に雅火が渡してくれたヴァイオリンをケースから出し、準備をしていく。

そうして弓に松脂を塗ったところで、待機場の扉がふいに開いた。

入ってきたのはダブル教師のひとり、夏場には暑そうなコート姿。

「調子はどうだ？　……って、なんだ、その覇気のない顔は……」

「……彩音」

「シャキッとしろ。お前は黄昏館の当主だろ」

「いや彩音だって緊張するでしょ？　いきなりこんな大舞台に立てなんて言われたら」

「ふふん、さっき僕を執事と伯爵に売ったバチが当たったんだ。それに僕は調律師だ。もともと舞台に立つなんて柄じゃない」

彩音は近くにあった椅子を引っ張ってくると、目の前に座った。

「少し弾いてみろ。曲の頭だけでいい」

「様子を見にきてくれたの？」

「音出しを手伝いにきただけだ。楽器が万全の音を出せるようにするのが調律師だからな」

さあやれ、と促され、曲の最初を弾き始める。でもすぐに音を外してしまった。「あ、あれ？」と手を止め、弾き直すけど、思うように音が伸びない。まるで習い始めた直後みたいにガタガタだった。

「落ち着け、本番で練習通りにいかないのは当たり前だ」

「わ、わかってる。大丈夫、もう一回最初から弾くから聞いてて」

「だから落ち着けと言っている。ミスをするのは冷静さを欠いているからだ。焦ってもドツボに嵌るだけだぞ」

彩音が立ち上がってきて、弓をぱっと取られてしまった。

手のひらが自由になって気づく。指先がひどく強張ってしまっていた。強く握り過ぎていたみたいだ。情けなくなって、深く息をはいた。

「……本当だ。僕、かなり焦ってるみたいだ」

「まあ、無理からぬことではある。初めての演奏がこんな大舞台などそうそうない」

「うん、それはそうなんだけど……」

やりきれない気持ちが抑えきれず、肩を落とす。そしてふと思った。

目に留まったのは、彩音のコート。

彩音はいつもこの大きいコートを着ている。夏場の今でも暑さなんて関係なく、屋敷の外でも中でも決して脱がない。

以前に聞いたところによると、このコートは彩音の心の鎧だそうだ。しんどいことがあると、襟を立てて顔を隠し、自分の心を守るのだという。

雅火などは『いい加減、季節感というものを考えなさい』とよくお小言を言っているけれど、遥は別段、それが悪いことだとは思わない。

むしろ困り果てたこの状況では、真似してあやかりたいとすら思った。

「……あのさ、彩音」

「なんだ？」

「そのコート、貸してくれたりとかする？」

「は？」

「彩音みたいにそのコートを着て、心の鎧でがっちり守ったら、僕も緊張せずに演奏できるかなって思って」

「あほか、お前は」

「あいたっ」

額を軽く小突かれた。調律師は呆れ顔をしている。

「お前に貸したら僕の心が丸裸になってしまうだろうが。伯爵の城でそんなことになったら僕は一秒も保たずに逃げ出すぞ」

「そんな胸張って言わなくても……」

「だいたい演奏会が怖くて僕からコートを借りるなんて、みすずに笑われるぞ？」

「う……おばあちゃんのことを出すのはずるいよ」

小突かれた額をさすりながら、視線を逸らす。

きっと祖母はこんなふうに演奏前に緊張したりすることはなかっただろう。宵月祭の琴も見事に弾ききったらしいし、伯爵のステージに立ったとしても動じなかったはずだ。

「はぁ、夏祭りで少しは成長したつもりだったけど……僕はまだまだおばあちゃんには届かないな」

ますます落ち込んでうな垂れる。

すると弓をテーブルに置きながら、彩音がぽつりとつぶやいた。

「そうでもない……と、今のみすずだったら言うかもな」

「今の？」

不思議な物言いに首を傾げた。

祖母はもう亡くなっている。だからこそ遥が新たな当主として黄昏館に招かれたのだ。なのに『今のみすず』だなんてどういう意味だろう。

こちらの視線を受け、彩音は目を逸らした。コートの襟で顔を隠し、続ける。

「……僕はみすずに会ったんだ。氷恋花の夢に囚われた、あの時に」

「あ……」

氷恋花はその香りによって、皆を優しい夢に誘(いざな)う。

先日の一件では彩音もその夢に囚われ、どうにか目覚めてきた時、確かに『みすずからお前のことを託された』というようなことを言っていた。

「あの時も聞いたけど、それって……氷恋花のみせた夢だよね？」

「確かに夢は夢だ。けれど……みすずが僕に言ったんだ。『私はお前を自分の孫のように思っていた』と」

「……………」

「おい、なんだ、その顔は？」

「いや、別に……」

「い、言いたいことがあるならちゃんと言え！」

「いやだって……彩音がおばあちゃんの孫って、それじゃあ彩音が僕といとこ同士か、もしくは僕の弟ってことだよね？　ごめん、正直、すごく微妙」

「ちょっと待て！　なんで弟になるんだ!?　順当にいって僕が兄だろ!?　僕が！」

「えー、ないない、それはない」

「えーじゃない！　とにかく、だ」

一区切り入れるように彩音は咳(せき)払いをする。

「僕は生前のみすずからそんなことを言われた覚えはない。氷恋花の夢は記憶に忠実だ。

あのみすずが記憶から形成された存在なら、あんな妙なことを言うはずがない」

「えっと、つまり……どういうこと？」

「幽霊、とまでは言わないが……みすずの想いの欠片のようなものはまだこの街にいるのかもしれない」

「想いの欠片？」

言われて思い出したのは、夏祭りでも手を貸してくれた『あやかしの仕立て屋』、友禅のこと。

彼は着物を注文してくれた人間の女性のことを長年待っていた。でも哀しいことに女性はもう死んでしまっていて、けれど想いの欠片が幽霊となって、友禅と再会を果たすことができた。

雅火曰く、幽霊とはあくまで想いの欠片であって、生前の本人とは別物らしい。でももしも祖母の想いがまだこの街に残っているのだとしたら……氷恋花の夢から出てこなくなった彩音に呼びかけてくれることもあるのかもしれない。

「もちろん欠片は欠片、とても小さなものだ。何かの拍子に波長が合ってたまたま形を持つようなことはあるが、自らの意思で世界に影響を及ぼすようなものではない。雨上がりに偶然現れる虹のようなものだ」

確かに友禅の時の女性もそうだった。

遥がたまたま気づいたことで想いが形を持ったもの、それが彼女の幽霊だった。

「じゃあ偶然、氷恋花の夢と共鳴して、おばあちゃんの想いが形になったってこと？」

「その辺りじゃないかと僕は推測している。虹は常に出るものじゃない。もう一度、氷恋花を使ったとしても、みすずと逢(あ)うことはできないだろう」

ただ、と彩音は続ける。

「あの瞬間、確かにみすずは僕の前にいた。そして託されたんだ。『遥を導いてあげて』と」

「あ、だから最近、彩音はずっと僕のことを……あいたっ」

「……わざわざ言葉にするな」

つぶやきかけた言葉は、また額を小突かれて遮られてしまった。でもさっきほど強くはなかった。一拍置き、彩音はさらに口を開く。

「もしも、だ。あのみすずがここにいたら……『まだまだおばあちゃんには届かない』というお前に対して、こう言うと思う。——そうでもないわ、と」

「……どうして？　どうしておばあちゃんはそんなふうに言うの？」

「いつかも言ったろう？」

モノクルの奥で瞼(まぶた)が閉じられる。

「僕は夜雀だ。他者の嘆きや哀しみを音として感じ取ることができる。……みすずは気丈に振る舞っていても、いつも心のどこかに淋しそうな音を抱えていた。でもな?」

彩音にトンッと胸を叩かれた。

「お前からはそんな音は聞こえない」

調律師は穏やかに苦笑した。

「みすずは当主になるために人の輪で生きることを諦めた。だがお前は何一つ諦めない。当主の仕事も人間の生活も両立させて歩んでいる。夏祭りでお前の友人の上森と店番をさせられてつくづく思ったよ。高町遥、いや…………遥、お前はみすずの分もきちんと大切なものを抱いて進んでいるんだな」

裾を翻して、彩音は背を向けた。

「お前にこのコートは必要ない。自分を信じろ。僕は今、こう考えているんだ。――高町遥はきっと高町みすずを超える当主になる、とな」

「……っ」

「きっとみすずも同じ気持ちだろうさ」

呆然としてしまい、すぐには言葉を返せなかった。彩音は後ろ手に手を振ってくる。

「僕の調律は以上だ。期待しているぞ、遥」

「…………」

まだ上手く言葉が出てこない。それぐらい胸を揺さぶられていた。

彩音は祖母が亡くなってからずっとその影を追い続けてきた。

高町みすず以上の主はいないと確かめたくて、南のぬらりひょんのところに身を置き、東のロレンス伯爵に身を寄せ、遥のことも何度も試した。

その彩音がついに認めてくれた。さらには祖母を超えるとまで言ってくれた。

もう緊張なんてどこかにいってしまった。

「彩音、あのさ！」

身を乗り出すように言う。

「もしもこのステージで僕が上手く演奏できたら……従者になってよ！」

扉へ向かっていた足がぴたりと止まる。けれど振り向きはしない。

「それとこれとは……」

「別の話じゃないよ！」

今度は遥の方から言葉を遮った。両手も、足も、もう震えていない。

「僕が広瀬とお別れをした時、彩音はヴァイオリンを弾いて背中を押してくれたよね。あの音色にどれだけ勇気をもらったか……。雅火でもない、疾風でもない、彩音だったから僕は前に進むことができたんだ」

街一番の妖狐ではなく、そこに比肩するような鎌鼬でもなく、自らを弱いという夜雀だからこそ、その一押しに意味が生まれた。

「これからもそばにいてほしいんだ。僕は彩音と一緒に成長していきたい。もしも兄弟だとしたら、それは自然なことでしょ？」

「……口八丁なやつめ」

こぼれた言葉には苦笑の気配があった。振り向かないまま、彩音は肩をすくめる。

「まずはこの舞台を成功させてみせろ。話はそれからだ」

「わかった」

頷き、胸を張って歩きだす。ヴァイオリンと弓を手にして。

「じゃあ、完璧に演奏しきってくるよ」

「できるのか？　コートは貸さないぞ？」

「いらないよ。僕には必要ないんでしょ？」

自信に満ちた言葉は、自分でも驚くくらい自然に出てきた。

「彩音のおかげで思い出したんだ。——大切な人のためなら強くなれる。それが黄昏館の当主だって。彩音が自分を信じろって言ってくれた。お前は強いって言ってくれた。その信頼だけで十分だ。この大舞台でも僕は絶対、演奏できる。だから一番近くで聴いててね、彩音」

もう恐れはない。

準備はできた。覚悟もできた。

「……いいだろう。この大舞台でお前の生き様を聴かせてみせろ」

導くように道を開けた彩音を追い越し、遥はステージへと向かっていく。


客席は静寂に包まれていた。

深呼吸を一つし、遥は舞台袖から出ていく。

すると一斉に拍手が起こった。最初に歓迎してくれた時のような嵐みたいな拍手じゃない。集中を妨げず、静かにこちらを見守ってくれるような控えめな拍手だ。

一階席の真ん中、一番いい席に伯爵と雅火がいるのが見えた。出入口の方にはミレイの姿もある。庭園の方を切り上げて、見にきてくれたのだろう。

彩音は舞台袖にいる。

この場の誰よりも近い場所だ。

ステージの中央にたどり着き、遥は会場を見渡した。

天井を見上げればステンドグラスが輝いていて、壁のオーシャンビューからは海と港の景色が見える。……よし、大丈夫だ。ちゃんとまわりも見えている。

深く一礼。そしてヴァイオリンを構えた。

見計らったように拍手が鳴り止む。

弓を弾く。淀(よど)みなく流れるように、音色が流れ始めた。

すると出入口のミレイが小さく声を漏らした。

「あら」

一階席の雅火は感極まったように胸を押さえる。

「遥様……っ」

その隣で伯爵も大きく頷いた。

「うむ、いい調べだね」

曲は以前、広瀬とお別れをした時、氷の花の上で彩音が弾いてくれたもの。

ヴァイオリンを教わる際、曲をどうしようかという話になった時、最初に思いついたのがこの曲だった。

明るく軽やかで、でもどこか寂しげで、出逢(であ)いと別れの大切さを表現したような調べ。

ヴァイオリンを奏でながら、遥は思う。

黄昏館の当主になって、たくさんのことを学んだ。そのなかでも——出逢うことで生まれ、別れてもなお消えない『絆(きずな)』の大切さ。それが最も自分を支え、成長させてくれたものだと思う。

だから僕は、この曲でみんなとの絆を奏でたい……っ。

願いを込めて、大きく雄大に、それでいて小さく丁寧に弓を弾いた。

その瞬間、音色の質が大きく変わった。

舞台袖の彩音が思わず身を乗り出す。

「そうだ！　その音だ……っ」

音色に霊力が宿っていく。奏でた瞬間から音が色づいていくのがわかった。それは星の色。瞬くような輝きが荘厳な舞台を彩っていく。

コツを掴んだ。そう確信できた。

雅火と彩音、二人の教師は言っていた。

――目に見えぬものを操る時に大切なのは、想いの強さです。あなたを見ているお客様方のことを深く深く考えて下さい。その想いは必ず音色に宿ります。

――つまり必要なのは想いの強さだ。他人の視線など気にするな。自分の心に真摯に寄り添い、そこにある想いを音としてすくい上げるんだ。そうすれば必ず音は応えてくれる。

二人は正反対のことを言っているようで、その実、同じことを言っていたのだ。

見てくれる人のことを想い、自分の想いをすくい上げる。そうやって『絆』は結ばれていくのだから。

……ありがとう、みんなのおかげで僕は頑張れるんだ。だからみんなのために強くなりたい。ずっとずっとみんなと一緒にいられるように！

祈りに呼応するように、右手で組紐が輝いた。星の光がさらに瞬き、最後の一小節を彩る。

溢れんばかりの光のなかで、遥は最後の一音を弾ききった。

弓を弦から離し、汗の玉を散らしながら顔を上げる。

演奏が終わった。

訪れたのは一瞬の静寂。

そして次の瞬間には割れんばかりの拍手が鳴り響いた。皆、弾かれるように席から立ち上がり、興奮をあらわにしている。スタンディングオベーションだ。

「う、上手くいったのかな……」

必死に集中していたからまだ頭がぼんやりしていた。喜んでもらえたようではあるけど、すぐには状況が飲み込めない。

でもミレイは力強く拍手してくれてるし、雅火はハンカチで目元をぬぐっている。それを見て、成功したみたいだとようやく思えた。

ほっと肩を撫で下ろし、一礼。そのまま戻ろうとしたら、伯爵が口元に手を添えて声を掛けてきた。

「遥君！　アンコールを頼むよ！」

「え、アンコール？」

舞台袖に向かいかけていた足が止まる。さすがに困った。ちゃんと練習したのはこの一曲だけだから、他に披露できるものがない。

けれど伯爵の鶴の一声で、客席の数百人のヴァンパイアたちも「ぜひアンコールを！」と盛り上がった。どう考えてもこのままじゃ終われない雰囲気だ。

え、どうしよう？　さすがに想定外だよ……っ。

同じ曲を二度やるのも締まらない。本格的に困っていると、ふいに彩音が舞台袖から一歩踏み出した。

「……まったく、世話の焼けるやつめ」

調律師がステージに上がってくる。自然に皆の視線が集まり、次の瞬間、驚くべきことが起きた。

「執事、もしくは伯爵でもいい。僕にピアノを！」

そう言うと同時、この大舞台で――彩音がコートを脱ぎ捨てたのだ。

常に手放さなかった、心の鎧だったはずのコートが羽のように宙を舞う。

え……っ、と遥は呆気に取られた。

だがそれ以上に驚いているのは雅火だった。先代の頃からの旧知である執事はここが伯爵の城であることも忘れて「馬鹿な⁉」と声を荒らげる。

「彩音が屋敷の外でコートを脱ぐなど……っ！　みすず様の頃でさえ、なかったというのに……っ！」

執事の我を忘れたような声を聞き、彩音は口元に笑みを浮かべた。

同時に催促するように観客席へ視線を向ける。応えたのはロレンス伯爵。パチンッと指が鳴らされ、ステージ上にコウモリの影のようなものが飛び交い、立派なグランドピアノが現れた。

そこへ向かって、彩音は遥の隣を横切る。

「あ、彩音、どうして……」

「どうしても何もあるか」

身軽になった肩をまわし、彩音は言う。精一杯の勝気な顔で。

「一緒に成長するんだろう？　弟のお前にあんな演奏をされて、兄として黙っていられるか」

鍵盤の蓋を開け、彩音はピアノの前に着席する。

「遥、もう一度今の曲を弾け。僕が伴奏でアレンジしてやる」

「彩音……」

なんだか、胸がいっぱいになってしまった。

……おばあちゃんが言っていたのはこういうことだったんだ。

一方が成長しようとして頑張り、もう一方も負けじと頑張る。こういうのをきっと兄弟というのだろう。

「……了解。でも彩音、一つだけ」

「なんだ？」

「僕が弟っていうのはやっぱり微妙。お兄ちゃんは僕の方だと思うよ？」

遥が笑顔でそう言うと、彩音も苦笑を浮かべて肩をすくめた。

「まったく、融通の利かないやつめ。だったら今日のところは——」

指先が流れるように鍵盤を叩いた。ピアノの前奏が始まる。

「——兄弟ではなく、主と従者ということにしといてやる！」

その瞬間、ピアノの音色に乗って、紫の光が生まれた。アメジストのような美しい紫。

彩音が夜雀の姿になった時、羽を彩っている色だ。

「いいね、それでいこう！」

遥も大きく頷き、ヴァイオリンを奏で始める。組紐から星の光が生まれ、紫の光を吸い寄せる。

ピアノとヴァイオリンの合奏が響き、二つの光はまるで流星のようにステージ上を駆け巡った。

おお……っ、客席の誰もが息をのむ。

曲の盛り上がりと共にステージ上に現れたのは、黄昏館の契約の陣。

星と紫の輪舞が演奏者二人を包み込み、ここに——契約は結ばれた。

「あ……」

遥は小さく吐息をこぼす。新しい力が生まれるのを感じた。

黄昏館の当主と契約すると、あやかしは新たな力を得る。彩音の場合、祖母の時はその力によって、今の少年の姿を手に入れたという。

ヴァイオリンの音色を波立たせ、遥は音で問う。

彩音、どんな力がいい……？

契約の陣のなか、音に乗せた想いは真っ直ぐに伝わった。

ピアノの音色をヴァイオリンの調べに調和させ、彩音もまた音で答える。

……お前の好きにするといい。僕が求めるのはお前に必要な力だ。

遥は思わず笑いそうになってしまった。

普段はあんなに本心を隠そうとしてるのに、音楽が一緒だと、彩音はこんなに素直に答えてくれる。

じゃあ、こうしよう。

音と光のステージで遥は囁く。

「彩音の新しい力は――音楽に乗せて、『心を伝える力』だ」

宣言と共に、契約の陣が弾けた。

同時に彩音の新しい力が解放される。

ヴァイオリンとピアノの調べに乗せて、遥と彩音の感情が観客席のみんなへ流れ込んでいく。

雨上がりに芽吹いた若葉のように晴れやかな喜び。そんな二人の想いがこの大舞台のすべてを包み込んだ。

彩音が新たに得た、『心を伝える力』。

それは音楽と共に、演奏者の心情を観客へ伝播させる力だ。

どう？　と音で問いかけると、なるほどな、という音が返ってきた。

彩音は笑みを浮かべ、ピアノの演奏がひと際華やかになる。

「ラストだ。どうせなら盛大にいくぞ。ついてこい、遥！」

「彩音こそ！　僕も霊力めいっぱい込めるからついてきてよ！」

ピアノが階段を駆け下りるように軽やかに音を響かせ、続くヴァイオリンも涼風のように高く音を重ねた。

そうして、美しい合奏で二人の演奏は締めくくられた。

先ほどのような一瞬の静寂はもう訪れない。観客たちはすぐさま立ち上がって称賛の声を上げた。

こうして演奏会は拍手喝采の大成功で幕を下ろした。

遥はステージ上で息を切らせながら彩音と視線を合わせる。調律師の細い肩にはもうコートはない。

それは祖母の時代にすらなかったこと。

観客席で誇らしげに目元をぬぐう、雅火の表情も告げていた。

まだたった一つだけれど、今この瞬間、遥は当主として——祖母を超えることができたのだ。

やがて夕焼けが空を染める頃、遥たちは城をお暇することにした。

来る時は大ぎつねの狐車に乗ってきたので、帰りも同じようにして屋敷に戻る。

あやかしの結界ぎりぎりの大桟橋に狐車を停め、レディーファーストでまずミレイが籠に乗った。

ミレイの家はこの東の地区にあるのだけど、城の庭園を見ていたら黄昏館の庭いじりをしたくなったそうだ。次に「本当にご立派でした……っ」とまだ目元を潤ませている雅火にもとっとと乗ってもらった。

伯爵や使用人のみんなは城の正門のところで手を振ってくれている。

そちらへ手を振り返し、遥は隣の彩音へ言った。

「じゃあ帰ろっか、僕の弟」

「おい、何をさりげなく弟認定しようとしてるんだ!? 僕が兄だと言ってるだろ！」

「えー、ないない、それはない」

「えーじゃないっ。さっき伴奏で助けてやっただろうが!?」

「はいはい、じゃあ言い方変えるよ。帰ろっか、僕の調律師」

「それも何か抵抗あるな……僕が上という気がしない」

「いや従者になったんだから一応、主は僕だよ……？」

む、と彩音は押し黙る。正論なのでさすがに言い返せないようだ。

「……仕方ない。契約してしまった以上、一応、主ということにはしておいてやろう。あまり僕の手を焼かせるなよ、遥」

と、言った途端、雅火が籠の扉から顔を出した。

「彩音!? いつの間に遥様を名前で呼ぶようになったのですか!?」

「うわっ!? なんだ、執事。驚かせるな!?」

「驚いているのはこちらです！ そういえば伯爵と私が観客席にいるなか、気づけばお前だけが舞台袖にいましたね？ まさかあの時に何か……っ」

「あー、うん、そう。彩音は舞台裏の待機場に来てくれたんだよ」

「な……っ!? 私を差し置いて、なぜそんなところに!?」

「あ、そういえばちゃんと聞いてなかったかも。彩音、どうして待機場に来てくれたの？

もしかして……」

ふと思いつき、遥は少し歌うような調子で尋ねてみた。

「また気まぐれ？」

音楽が一緒だと、彩音は素直に答えてくれる。途中まで軽口を返そうとする雰囲気だったけど、彩音は「……む」と言い淀んだ。

でもやがて諦めたように肩の力を抜くと、静かに首を振った。

「……いいや、気まぐれなんかじゃない」

そうして夕日に照らされたのは、

「お前のために何かしたかったんだ」

まるで弟想いの兄のような温かい笑みだった。

第四話　高町遥は揺るがない

黄昏館の奥の『当主の間』。

ここには歴代の当主たちの肖像画が飾られている。

宵月祭の前夜、高町遥はひとりで『当主の間』を訪れ、先代当主である祖母の肖像画を見上げていた。

額縁のなかで祖母は穏やかに微笑んでいる。

「おばあちゃん……」

子供の頃、遥は一度だけ、祖母に会ったことがある。

花園で右手の組紐をもらった時だ。当時の遥は霊力がだんだん強くなり、悪いあやかしに狙われやすくなっていた。だから祖母は一度だけ遥を黄昏館に呼び寄せ、あの花園であやかし除けの術具として組紐を授けてくれた。

柔らかく笑う、優しい人だった。

穏やかな風、舞う花びら、祖母の手の温かい感触。それらは今も胸に焼き付いている。

「ねえ、おばあちゃん。僕は……」

彩音から想いの欠片の話を聞いた時からずっと思っていることがある。

いや……本当は友禅と幽霊の女性の再会を手伝った時から、ずっとずっと考えていた。

でもこんなこと、雅火には言えない。きっと気に病ませてしまうから。彩音も同じだ。

下手な言い方をすれば、きっと気を遣わせてしまうだろう。

だからこの気持ちは胸の奥深くに沈めておく。

明日は宵月祭、黄昏館主催の舞踏会だ。忙しくなるから、余計なことを考えてる暇なんてない。

だから今だけ、今この瞬間だけ。

遥は祖母の肖像画を見上げて、心のなかでそっとつぶやく。

誰にも言えない気持ちに、明日からはちゃんと鍵を掛けておけるように。

ねえ、おばあちゃん。

あのね。

僕はずっと――。


一夜明け、宵月祭の当日。

予想はしていたけど、今日は朝から大変な大忙しになった。

もちろん準備は何日も前からしていたものの、最終チェックや段取りの確認をすると、どうしても漏れや改善事項が出てくる。その対応に追われっぱなしだ。

今も遥は執事を捜して廊下を急いでいる。

「雅火っ！　雅火、どこにいるの⁉　招待状のリストに漏れがあったよ！　これまずいんじゃないか⁉」

招待状の余りとリストを手にして、遥はとにかく声を張り上げる。従者頭の雅火はチェックのために屋敷中をまわっているのでどこにいるかわからない。

すると遥の声を聞きつけたのか、雅火ではなく疾風が廊下の角から姿を現した。

何やら血相を変えて慌てている。料理中につける頭のバンダナも取れ掛かってしまっていた。

「おお、遥！　捜してたんだよ。聞いてくれ、雅火の奴がとんでもないヘマやらかしやがったんだ！」

「えっ、雅火が？　や、雅火に限ってそんなわけないと思うけど……どうしたの？」

こっちも急ぎだが、疾風には今夜の晩餐の準備を進めてもらっている。問題が起こったというのなら聞かないわけにはいかない。

疾風はイタチの風助と一緒に里帰りをしていたのだが、ちょうど昨日帰ってきた。晩餐の下拵えだったら雅火が途中までちゃんと進めてくれていたはずなのだが……。

「料理場の冷蔵庫に入ってんのが肉ばっかなんだよ！　馬だの羊だの鳥だの豚だの、とにかく肉！　肉！　肉！　一体どんな料理しろってんだ、あいつは⁉」

「ええっ⁉　それは困る……っ」

確かに春の宵月祭の時も肉料理が多かった気がする。あやかしの重鎮には小型の竜や着流しのトラみたいな肉食のあやかしが多くいて、雅火の出した肉料理は彼らにとても好評だった。

でも今回はロレンス伯爵や青鬼の若頭たちもくる。肉だけの一点突破でいくわけにはいかない。

「青鬼組に食材の調達をお願いするよ！　僕が手紙を書くからちょっと待ってて。あ、でも一応、その前に雅火にも確認を――」

と、話しながら廊下奥の螺旋階段に差し掛かると、下の階から今度は彩音が駆け上がってきた。

もうコートは着ていない。身軽な様子で、けれど表情はだいぶ焦りながら詰め寄ってくる。

「こんなところにいたのか、遥！　捜したぞ！」

「え、彩音も？　なになに、なにごと⁉」

「楽団の件だ！　ダンスの時、演奏はこぎつねたちが少年執事に変化して楽器を奏でるんだろう？」

「そうだよ。春もそうだった」

「だったら！」

彩音が階段の下を手で示す。

「どれがどの楽器の担当のこぎつねだ⁉　僕には違いがさっぱりわからん！」

そう言うと同時、数十匹のこぎつねたちがわーっと駆け上がってきた。

「あやねちゃーん、ぼく、吹くやつやりたーい。あ、でもやるのは鳴らすやつかもー」

「ぼく、叩くやつがいいよー」

「あのねあのね、みやびさまに鳴らすやつって言われたのー」

こぎつねたちにどんどん抱き着かれ、あっと言う間に彩音の姿が見えなくなった。

「御覧の有様だ！　モフモフの迷宮に飲み込まれて、僕は遭難してしまうぞ……っ」

「本当だ、これはすごい有様だね……」

楽器の担当はたぶん雅火が決めてるはずだ。一匹一匹にどの楽器担当なのかと遥が聞いていってもいいが、この数だとさすがに日が暮れてしまう。

招待状や料理のお肉のことも聞かなきゃいけないので、とにかく今は雅火を捜すのが先決だ。幸い、こぎつねたちがいるので、すぐに呼ぶことができる。

早速、彩音の頭に乗っている一匹に話しかけようとしたら……今度は階段下の扉が開いて、庭からミレイがやってきた。

「遥様！　そこにいるの!?　ちょっと芝生の形を見てほしいんだけど！」

「今度はミレイ!?　なに、どうしたの？」

ミレイは山のようなこぎつねたちをかき分けて階段を上ってくる。そして手近にいた一匹をぐいっと遥に押しつけて、詰め寄った。

「さっき従者頭がチェックしにきて、舗装路の芝生の長さを一定に揃えろって言ってきたのよ！　でもあそこはあえて不揃いにして躍動感を見せてるわけ。遥様がオッケーを出せば従者頭も黙るだろうから一目見てくれないかしら？　そして従者頭にこれでよしって伝えてちょうだい！」

「舗装路の芝生？　それって石畳の横にちょこっと生えてるやつだよね？　だったら僕としては……」

どっちもでいい、と言ったら角が立つと気づき、慌てて口を噤(つぐ)んだ。そんなことを言えば雅火とミレイ、両方にお小言を言われかねない。

「わかった。雅火を連れて確認にいくよ」

頷(うなず)きつつ、優先順位を考える。

招待していないお客さんがいたら大事(おおごと)だからまずはリストの確認が最優先。次に食材の調達もあるから料理のことを確かめて、こぎつね楽団は春にも演奏してくれた実績があるから後回しにしても大丈夫だろう。芝生の方はミレイの術で調節はどうにでもなるはずだから最後でいい。……うん、順番としてはこんなところかな。

次から次にやることが盛りだくさんで本当に目まぐるしい。春の時はこれを雅火とこぎつねたちだけでやってくれていたのだから、本当に頭が下がる思いだ。

でも今はとにかく雅火がいないことには話にならない。ミレイから渡されたこぎつねに再度話しかけようとして、けれどその前に小さな口が開いた。

「はるかっ、みやびさま、今くるってー」

「あ、本当？　良かった」

どうやらこぎつねたちを通してこっちの様子を察したらしい。

ほっとしていると、すぐに雅火はやってきた。螺旋階段の上からなぜかクロスケを抱えて下りてくる。

「こんなところに全員揃って何をしているのですか？　時間を無駄にしていないで、皆、仕事に戻りなさい。宵月祭は今夜なのですよ？」

開口一番のお小言に疾風、彩音、ミレイ、ついでに面白がってこぎつねたちも一斉に雅火へ詰め寄った。

みんな、てんでばらばらに用件を言う。が、銀髪のなかの狐耳がぴくぴくと動き、雅火は内容を聞き取った。

「疾風、その肉は肉食好みのお客様専用の食材です。調理場の冷蔵庫ではなく、裏の貯蔵庫を覗いてみなさい。他の食材は下拵えを済ませてすべてそちらに保管してあります。引継ぎのメモに書いておいたはずですよ？」

「なに、本当か？　そういうことはちゃんと口で言えよ！　お前のメモ、むやみやたらに細かくて読む気しねえんだって」

「彩音、こぎつねたちを連れて会場の大広間にいき、楽器を並べて御覧なさい。そうすればこぎつねたちは練習した楽器のところへ自分でいきます。みすず様の頃もそうしていたでしょう？　忘れたのですか？」

「あっ！　そういえばそうだったな……。べ、別に忘れていたわけじゃないぞ？　ただ一応確認しておこうと思っただけだ、一応な。断じて忘れてたわけじゃないぞ？」

「ミレイ、私が指示したのは芝生の長さではなく、向きです。躍動感は示しつつ、お客様の通り道をお譲りするように外側へ開く芝生。そうした細かな気遣いこそ、庭園のセンスが問われるところでしょう？」

「あら……なるほど、そういうことなら異論はないわ。理由と理念があるなら最後までちゃんと伝えなさいな。まあ、頭にきて途中で聞くのをやめたわたしもわたしだけど」

料理人、調律師、庭師を見事に納得させ、従者頭の執事はパンパンッと手を叩く。

「気が済んだのなら皆、仕事に戻りなさい。時間がありませんよ。ひとりにつき一匹、こぎつねをつけます。今後、何かあればこぎつね経由で私に確認するように」

雅火がそう言うと、階段の上から「みやびさま、よんだー?」と新たなこぎつねたちが三匹下りてきた。

疾風たちは一匹ずつ連れて、自分の持ち場に戻っていく。

彩音にはもう山ほどいるのに……と一瞬思ったけど、いざ楽器の練習を始めたら連絡用の一匹は必要なのだろう。さすが従者頭の執事はよく考えている。

「あとは遥様のご用件ですね?」

「あっ、そうだった。感心してる場合じゃない。どこにいたのさ、雅火」

「クロスケに屋敷の警備個所を話して聞かせていたのです」

「え、クロスケも働いてくれるの?」

「わう!」

執事に抱かれたまま、任せろ、と言わんばかりの返事がきた。

「クロスケも遥様の従者ですから遊ばせておくわけには参りません。実際、狗神(いぬがみ)は強力なあやかしですので。悪しきモノを撃退する力だけならば、おそらく私や疾風にも匹敵するでしょう。番犬としては申し分ありません」

「そっか」

クロスケは以前、ぬらりひょんに術を掛けられて、験狼(げんろう)という巨大な狼のあやかしになった。しかし雅火と遥で術を退け、さらには広瀬との再会をきっかけにして、クロスケは狗神として成長した。

本来、狗神の力は子犬のクロスケには大き過ぎるものなのだが、遥の従者になったおかげで新たな力として『狗神の力を制御すること』を覚え、今では雅火に番犬として認められるほどになっている。

「よろしくね、クロスケ。屋敷の安全は任せたよ」

「わうわう！」

頭を撫でると、クロスケはご機嫌な様子でしっぽを振った。

考えてみたら雅火がクロスケを抱いている姿なんて、初めて見るかもしれない。珍しい組み合わせを見て、ちょっと楽しくなった。

でも今は仕事をしなくては。時間もないので勢い込んで尋ねる。

「で、雅火。僕の用件だけど！」

「ご自分から話を戻されるとは、素晴らしい責任感です」

「そういうの今いいから！　これだよ、これっ」

雅火の顔の前へ、招待状とリストを掲げてみせる。

招待状は二つ折りになっており、表面には遥の組紐をアレンジしたデザインが印字されている。春と同様、黄昏館が長年愛用しているというあやかしの印刷屋に頼んだ、特別な招待状だ。

　しかし問題なのは招待状そのものではなく、リストの方だ。遥はその一部分を指で示す。

「ほら、ここ！　四大重鎮のところ。東のロレンス伯爵、南のぬらりひょん、西は青鬼組の若頭が代わりに来てくれるんだったよね？」

「はい。西の重鎮は青鬼組のトップなのですが、腰痛で動けないとのことなので、名代として若頭に来て頂くことになっております」

「じゃあ、北は？　北の四大重鎮だけ招待状のリストに名前がないんだよ。偉い重鎮ほど立場があるから来てくれるかどうか分からないっていうのは知ってるけど、こっちから招待状は送るのが礼儀でしょ？　これ、リストに漏れがあったってことだよね？　今からでも急いで送らないと！」

「なるほど、それで慌てていらしたのですか。そういえば春の時の遥様はダンスの練習で手いっぱいだったので、リストの確認も私が行ったのでしたね。……ふふ、何やら成長を感じます」

「いや、だからそういうの今いいから！　早く送らなきゃだろっ」

「ご心配には及びません。北の四大重鎮はみすず様の時代を含めて、一度も宵月祭にいらしてはおりませんから」

「え？　いやでも招待状ぐらいは……」

「正確にいえば、招待状を出したとしても受け取り手がいないのです。北の四大重鎮――土蜘蛛はすでに討伐されてしまっていますので」

「討伐って……あ、そういえば」

彩音が何かの時に言っていた気がする。

北はもはや長と呼べるような代物じゃない、と。

遥がそのことを口にすると、雅火は「ええ」と頷いた。

「彩音の言葉はまさしくその通りです。以前に遥様には少しお話ししたことがあったかと思いますが、黄昏館をあやかしの調停役とするならば、度の過ぎるあやかしへ灸を据えるための退魔や調伏の専門家が街の外にいるのです」

雅火が言うには、四大重鎮として北の長だった土蜘蛛はかなりの暴れん坊で、ある時、とうとう専門家たちに退治されてしまったのだという。

今は土蜘蛛の力と術の残滓だけが森に残っていて、北のあやかしたちはそれを崇めることでまとまっている。おかげで北の地域の平和は保たれているものの、長として招待状を受け取ってくれるような相手はもういないそうだ。

「じゃあ、四季諸侯巡りは……？　一人前の当主になるには東西南北の四大重鎮に会って認められなきゃいけないんだよね？　土蜘蛛が退治されちゃってるなら、おばあちゃんはどうしたの？」

「運よく……と申しますか、みすず様が土蜘蛛と会われたのは退治される少し前でして。私にとっては今思い出しても冷や汗が止まらなくなるような思い出なのですが……」

雅火の顔が微妙に引きつった。

曰く、祖母が四季諸侯巡りで土蜘蛛に会ったのは十数年前、ちょうど遥が生まれた頃だという。

暴れん坊で有名だったあやかしと祖母が会うにあたって、雅火は神経をすり減らすような思いで警戒していたそうだ。いざとなれば土蜘蛛と刺し違える覚悟すらして、祖母と北の森へ向かった。

なのに当の祖母は自分の庭でも歩くように堂々と、まったく無警戒に北の森を闊歩し、土蜘蛛を正面から説き伏せてしまった。

「……土蜘蛛はあのぬらりひょんすら下手に出ざるを得ないような相手です。本来ならば言葉一つ、仕草一つ取っても慎重に慎重に進めるべきでしたのに……みすず様はまるで茶飲み友達とでも話すようにずけずけと……いえ失敬。茶飲み友達とでも話すように忌憚なく会話をなさりまして……」

「そ、そうなんだ……」

「しまいには土蜘蛛と二人きりで話がしたいなどと言い出す始末……。私は全力で反対したのですが、結局離れた場所から見守るようにとご命令を受けまして……正直なところ、本気で生きた心地がしませんでした……」

「えっと……ウチの祖母がごめんね？　色々苦労を掛けて……」

「いえ、執事の務めですから……」

ともあれ、そうして祖母は北の四大重鎮に認められた。しかしその後、程なくして土蜘蛛は退治されてしまい、北の長が宵月祭にやってくることは事実上不可能になってしまったという。

「だから招待状のリストになかったのか。……あ、でも待って。もう北の長がいないなら僕の四季諸侯巡りはどうなるの？　土蜘蛛がいないとすると、誰に認めてもらえばいいんだろう？」

「私も考えていたのですが、北の森の残滓を名代とするのが良いかと思います。やや変則的な形になってしまいますが、他の東西南の大重鎮からお認めを頂ければ、体裁は保てるはずです。いずれ西の長の腰が治りましたら正式な挨拶を行い、その後に北の森へ参りましょう」

「そっか……ん、わかった。じゃあ、ともかく今は宵月祭だね」

「はい。ちなみに遥様、私からも確認ですが、スーツのサイズは問題ございませんでしたか？」

「えっ、スーツ？　それって春に友禅さんに仕立ててもらったやつ……？」

「ええ。遥様は成長期ですから、直しの必要がないかご確認下さいとお願いしたはずですが……？」

「………忘れてた」

「遥様？」

「今すぐ！　今すぐ袖を通してみるからっ！　スーツって確か寝室に置いてあったよね!?　怒ってる場合じゃないよ、雅火っ」

「わかっております！　舞踏会のホストが身の丈の合わないスーツを着ているなどありえません！　サイズが合わないのであればすぐに仕立て屋に連絡せねば……っ」

雅火の腕のなかで、クロスケがあまり意味が分かってなさそうに「わう？」と首を傾げ、二人は血相を変えて寝室へ急いだ。

幸いなことにスーツはちゃんと着ることができて、雅火と一緒に胸を撫で下ろした。

「遥様が成長されていなくてほっと致しました……」

「いやそれはそれで僕は哀しいけどね……」

そんなやり取りをしながらも時は過ぎ、やがて太陽が地平線の彼方へ沈み始めた。

夕暮れも幕を下ろし始める、黄昏時。

まもなく舞踏会の幕は開き、宵月祭が始まる。

会場となる大広間はきらびやかに整えられていた。キャンドルグラスには狐火が灯り、歴史ある調度品を美しく照らしている。長いテーブルには真っ白なクロスが敷かれ、料理人が腕によりを掛けたご馳走が運ばれるのを待っている。

大広間の中央はダンスホールとして開けており、壁際にはこぎつね楽団のための楽器がすでにセットされている。

さあ、準備は整った。まもなくあやかしの重鎮たちが正門に集まってくるだろう。

開場を前にして、黄昏館の一同は大広間に集まった。

スーツ姿となった遥の前には、雅火、疾風、彩音、ミレイ、クロスケ、そして六花を始めとしたこぎつねたち——屋敷の全員が揃っている。

「みんな、頑張ってくれてありがとう。ここまで本当に大忙しだったけど、おかげでどうにか間に合ったよ。あとはお客さんたちをおもてなしして、楽しんでもらうだけだ」

「遥様、まだ気を抜くにはお早いかと。本番はここからです」

「わかってるよ、雅火。油断はしない。疾風、最高の料理、期待してるよ？」

「おうともよ。客が全員舌を巻くほどの出来栄えだからよ。見ててくれよな？」

「うん、僕の料理人がみんなを唸らせるところ、しっかり見てるからね。彩音、ひょっとしたらまた伴奏を頼むかもしれないけど、いいかな？」

「なんだ？　ひとりでヴァイオリンを弾く度胸がない……というわけではなさそうだな。良いだろう。もしもの時に備えてピアノの用意はしておこう」

「ありがと。まあ本当にいざとなったらって時だから安心して。ミレイ、さっき庭園を確認したけど、完璧。最高の仕上がりだったよ」

「そうでしょう？　遥様はなかなか見る目があるわね。庭師の仕事はここまでだけど、せっかくだから本番中は給仕の真似事でもしてあげる。こぎつねたちだけじゃ、華が足りないだろうしね。伯爵様のところで一通りの作法は習ってあるから任せなさい」

「助かるよ。経験豊富なミレイがいてくれると一安心だ。クロスケ、警備と見回り、よろしくね」

「わうわう！」

「こぎつねのみんなも頼りにしてるからね」

「「「まっかせてー！」」」

「さあ、それじゃあみんな、開場の時間だ。今夜の宵月祭、絶対成功させよう！」

遥の言葉にそれぞれの返事が響き、一斉に持ち場へ向かう。

ネクタイの形を直し、遥も屋敷の正面玄関へ歩きだす。

夜が訪れる。舞踏会の始まりだ。

小高い丘の坂道に長蛇の列が出来ていた。もちろんこの列は普通の人間には視えはしない。

並のあやかしならばいざ知らず、今宵集まっているのは昔から街に根を下ろす重鎮たち。万に一つも人間たちに姿を晒(さら)すことはない。

ある者は馬車に乗り、またある者は立派な籠(かご)に乗り、黄昏館の開門を待つ。

やがて陽が沈むと、正門のランタンに狐火が灯った。

現れたのは銀髪の少年執事。六枚の花びらがついた花を胸に飾っており、可愛らしく一礼すると、正門がゆっくり開き始めた。

屋敷の敷地へ足を踏み入れ、まず重鎮たちを唸らせたのは、春と比べて様変わりした庭園。

庭園樹の葉の一枚一枚、花壇の花の一本一本に生命の息吹を感じる。以前はまるで主役の屋敷を引き立てるような控えめな庭だったが、これはこれで趣深い。

庭園を眺めながら舗装路を進み、中央の噴水を越えると、屋敷の正面玄関にたどり着く。

当主はそこで皆を出迎えた。春の時は客を大広間に通してからの挨拶だったので、これはちょっとしたサプライズになった。

当主の隣には街でも名高い『妖狐(ようこ)の執事』がおり、客人たちの招待状をチェックしている。それが済むと、当主と簡単に言葉を交わし、客人たちは大広間へと通される。

「やあ、遥君。今夜はお招きありがとう。ヴァイオリンの演奏、楽しみにしているよ？」

東の重鎮のロレンス伯爵とお付きのヴァンパイアたちがきて、当主の遥は嬉しそうに握手を交わした。

「伯爵、来てくれてありがとう。あれからもっと練習して仕上げたから、どうか楽しんでいって」

しばらく重鎮たちの列が進むと、今度は西の青鬼組の若い衆と、それを引き連れた若頭が顔を見せた。

「旦那、どうぞお控えなすって。本日は手前が親父の名代として参上致しやした」

「うん、聞いてるよ。若頭、今回も食材とか色々都合してくれてありがとね。長さんの腰が治ったらこっちからも改めて挨拶にいくからね」

さらに列が進み、最後尾に姿を現したのは、手下ののっぺらぼうたちを連れた、南の四大重鎮ぬらりひょん。

「あ、遅かったね、ぬらりひょん。ちょっと待ってて。今、ウチの番犬を呼んで挨拶させるから。頭ぐらいはかじっていいよね？」

「な、何言っとるんだ、貴様は⁉　わ、わわわ、儂は客人じゃぞ⁉　夏祭りでも手を貸してやったろうが⁉」

「あはは、冗談だよ、冗談。疾風の料理もいっぱいあるからさ、今日は楽しんでいって」

「くっ、笑えん冗談を……まったく、本当に物言いが先代そっくりじゃわい。妖狐よ、これ以上変な育ち方をしないようにお前がしっかり見ておれよ。お前も先代の時のように振り回されたくはなかろう?」

「……善処は致します」

またひっそりと心が通じ合った二人だった。

こうしてすべての客人を大広間へ通し終えた。

次は当主の挨拶だ。遥は雅火と共に、正面玄関から足早に二階へ移動する。大広間には中二階があり、その扉から楽団の演奏と共に登場するのだ。

タイミングは雅火がこぎつねたちと意識を共有して指示を出してくれる。二階の扉の裏に立つと、すぐに演奏が始まった。

「遥様、準備はよろしいですか?」

「いつでもいいよ。この挨拶は春もやってるからね。心配ないよ」

背筋を伸ばし、少し体を傾けて、雅火の方を向く。

「ネクタイ、曲がってないかな?」

「拝見します。……おや?」

こちらへ伸びかけていた手が途中で止まった。雅火が浮かべたのは少し淋しそうな、でも嬉しそうな笑顔。

「曲がってはおりません。きちんと折り目正しく着けられていますよ」

「そっか」

遥も少し淋しい気がした。折に触れて雅火にネクタイを直してもらうのが習慣のようになっていたから。でもこれはきっと胸を張るべきことだ。

「行こう。雅火、僕についてきて」

「かしこまりました。どこまでもお供致します」

楽団の演奏が最高潮を迎え、ラッパの音が響き渡った。それを合図に扉が開く。反対側で少年執事に化けたこぎつねたちが開けてくれたのだ。

そうして、いざ出ていこうとしたところで——突然、雅火が表情を変えた。

「——六花？　なんですって？　正門に大きなあやかし……？　馬鹿な、客人はもう広間に揃っている。どんなあやかしですか？　正確に教えなさい。六花？」

「雅火？　何かあったの？」

「いえ、それが……」

会話をしている間にも扉は開きつつある。

何か異常があったのなら状況を聞くべきかもしれない。このまま挨拶に出ようか、それとも一旦扉を閉じて雅火とちゃんと話をしようか、遥は一瞬迷った。

だが次の瞬間。

扉の間から見える大広間にも異常が起きた。

キャンドルグラスの明かりが突然、一斉に消えたのだ。シャンデリアなどの他の明かりも同様で、大広間は一瞬にして真っ暗闇に変わってしまった。

客人たちは重鎮だけあって騒ぎはしない。それでもどよめきは起こった。これが黄昏館の演出ではないことくらい、彼らはすぐに気づいたようだ。

遥は素早く決断し、扉から飛び出してまわりを見渡した。

「雅火、これは……⁉　狐火が消えたの？」

「いえ違います……っ。私の狐火は健在です。しかし何者かの術が作用しているのを感じます」

「術……？　ってことはあやかしの誰かがこんな真っ暗にしたってこと⁉」

「キャンドルグラスやシャンデリアのまわりを何かが覆ってしまっています。これは……泥？　いや土？　まさか……っ！」

雅火のつぶやきと同時に、大広間の中央に何者かの強烈な気配が生まれた。

肌がチリチリとひりつくような感覚を覚え、誰もが天井を見上げた。

そこに気配の主はいた。

暗闇のせいで姿は見えない。ただ真っ赤な目だけが存在を主張し、糸のようなものを垂らして天井からつり下がっている。

誰かを捜すように赤い目が動き、くぐもった声が響いた。

「………約束ノ時ダ……我ハキタ……ッ！」

その声は強い圧迫感を持っていた。振動が波のように響き、皆、思わず耳を塞いだ。遥も扉を出たところでよろけ、雅火に支えられる。

「この声は……っ!?　なんなんだ、耳が痛い……っ」

「声そのものに強い念が込められています……っ。まるで最古参の重鎮たちが扱う呪のような力が……！」

「呪？　それってぬらりひょんがクロスケを験狼にした術みたいなもの？」

「相違ありません。ですが、この声に込められた念にはぬらりひょんを超える力を感じます……っ」

最近は気軽な間柄になってきたとはいえ、ぬらりひょんは南の四大重鎮だ。それを超えると言われたら驚きを禁じ得ない。

でも験狼の時と同じ種類の力だっていうなら……っ。

自分は大丈夫だ、という意味で雅火の支えから離れ、遥は指示を出す。

今も声を発し続けている謎の存在を指差して。

「雅火、浄化の力だ！　それでこの声は止められるよね!?」

「——っ！　承知しました！」

銀髪がなびき、革靴の音を響かせると、雅火は鋭く跳躍した。

その手には狐火が灯り、同時にスーツの身を星のような光が覆う。遥の組紐と同じ色の光だ。

黄昏館の当主と契約すると、あやかしには新しい力が備わる。

雅火は遥と契約した際、クロスケを助けるために闇を祓う『浄化の力』を得ている。

今、皆を苦しめている声がそれと同種のものならば祓えない道理はない。

真っ暗な大広間で狐火が流星のように闇を裂いた。雅火の背後には妖狐の九尾が出現し、輝く手のひらを謎の存在に振りかざす。

「今宵は我が主の舞踏会だ！　不浄なる者よ、立ち去るがいい！」

赤い目が一瞬、怯むように見開かれた。そして浄化の炎から逃げるように、姿が一瞬でかき消える。

同時、大広間に明かりが戻った。

遥がはっと辺りを見回すと、キャンドルグラスやシャンデリアに土のようなものがこびりついていた。雅火の言っていた通りだ。土は塵のようになって見る間に消えていく。術を施した者が去ったからだろう、

「みんな、大丈夫……!?」

声を掛けながら遥は階段を駆け下りた。客人たちのなかには蹲っている者もいて、たとえば柄杓の集合体のようなあやかしは調子が悪そうに体を震わせている。

そんななか、真っ先に怒りの声を上げたのは、のっぺらぼうたちに体を支えさせた、ぬらりひょんだった。

「大丈夫なものか！　どうなっておるんじゃ、高町遥！　どこの不届き者の狼藉かは知らんが、黄昏館は警備の一つもロクに出来んのか⁉」

「ごめん、確かに僕たちの落ち度だ。責任はちゃんと取るよ」

「ほう⁉　どう取ってくれるというのかのう⁉　儂はもう耳が千切れんばかりの思いをさせられておるぞ⁉　この痛みの責任を貴様はどう取ってくれる？　言うてみい！」

「――ご老体、今はそんなことを言ってる場合ではないと思うよ？」

割って入ってきてくれたのは、使用人たちを引き連れたロレンス伯爵だった。

長身ブロンドの美貌を見た途端、ぬらりひょんの顔が引きつる。

「ぬう、東の吸血鬼か……っ。忌々しい、貴様なぞ呼んでおらんぞ！」

「お呼びでなくとも、私の友人が不当に責められているんだ。黙ってはいられないさ」

伯爵は軽やかに告げる。

「ここに招かれた客は皆、古くからこの街にいる古参の重鎮たち。自分の身ぐらいは自分で守って当然の実力者たちだろう？　現に私と臣下たちはなんの傷も負っていない。とっさに自分の術で身を守ったからね。もしかしてご老体はそんなことも出来ないくらい衰えてしまったのかな？」

「だ、誰が衰えているじゃと……!? 儂はなんら被害など被っておらん！ ぴんぴんしておるわ！」

「そうかいそうかい、それは良かった。では遥君に責任の追及をする必要はないね？」

「な……っ」

ぬらりひょんは『しまった』という顔になる。しかし伯爵相手では分が悪いと長年の経験でわかっているのか、それ以上追及はせず、真っ赤になって押し黙った。

もう心配いらないよ、という顔で伯爵がウィンクをし、ありがとうという意味を込めて、こちらも頷(うなず)きを返した。

すると、ふいにどこからともなく一枚の葉が目の前に舞い降りてきた。弱い狐火で全体がほのかに青白く光っている。

あ……、と思って掴(つか)むと、頭のなかに雅火の声が響いてきた。

「――遥様、私はこのままあの不届き者の対処に向かいます。遥様はどうか……」

見回すと、すでに大広間のなかに雅火の姿はなかった。あの赤い目のあやかしが現れる直前、雅火は六花から『正門に大きなあやかしがいる』と報告を受けていた。今起きたことがそれと無関係とは思えない。だからいち早く大広間を出て、雅火は正門へ向かったのだろう。

最後まで聞かず、遥は小声で言葉を返す。

「わかった。僕はこっちで舞踏会を立て直すよ」

「お願い致します」

「ん、任せて」

葉をポケットのなかにしまい、遥は改めて客人たちへ向き直る。

「みんな、せっかくの舞踏会が突然こんなことになってすまない。でも悪さをしたあやかしはもう追い払ったから、どうか安心してほしい。そしてまずは負傷した者たちの治療をさせて。――疾風！　いるよね⁉」

大広間にはたくさんのあやかしがおり、厨房（ちゅうぼう）の入口の方までは見通せない。でも声を張り上げると、すぐにそれ以上の大声が返ってきた。

「おう、ここだ！　遥、こりゃ一体、なんの騒ぎだ⁉」

たすき掛けした着物姿がすぐに駆けてきてくれた。

騒ぎを聞きつけて、厨房から飛び出してきてくれたのだろう。思っていた通りだ。

「一瞬、こっちからすげえヤバい気配がしてよ！　すっ飛んできたら客たちは怪我してるみてえだし、お前は大丈夫か⁉　それに雅火のやつはどこいった⁉」

「僕は平気だよ。それに雅火はこの事態の対処に向かってくれてる。疾風、細かい話は後にしよう。とにかく今は氷菓子を作って！　癒（いや）しの力でお客さんたちの怪我を治すんだ」

「よしきた！　お前がそう言うんなら話なんざ後でいい。任しとけ！」

疾風は料理のテーブルに駆け寄った。そこには取り皿が重ねられており、腕の一振りで風が生まれ、数十枚の銀皿が横に並んでいく。

「いけ、俺の風よ！」

着物姿の全身を星の光が包み、風が青い光を帯びて氷に変わっていく。

疾風は遥と契約した際、『癒しの力』を得ている。術の風を凝縮して作り出された氷菓子は強い加護を秘め、食べた者の傷を立ちどころに治してくれる。

一陣の風が吹き、銀皿の上に宝石のように輝く氷菓子が現れた。

遥はすぐさま客人たちに呼びかける。

「さあ、怪我をした人はこれを食べて！　すぐによくなるから！」

少年執事たちが銀皿を持って配っていく。氷菓子を食べると、皆、立ちどころに回復した。柄杓のあやかしも桶のなかに氷菓子を入れてもらうと、ほろりと菓子が溶け、すぐに小躍りできるほどになった。

客人たちの様子を見て、遥はほっと吐息をつく。

よし、それじゃあ次は……。

胸中で算段を立て、大広間の中央へと歩きだす。

先ほど謎の存在がいた真下なので、皆、無意識に敬遠しているらしく、中央はぽっかりと空いていた。

黄昏館の当主はあえてそこに立つ。

「みんな、予定外の始まり方になっちゃったけど、ここからはどうか安心して舞踏会を楽しんでほしい。もうおかしなことは絶対に起きないから」

大広間にはどこか懐疑的な空気が流れた。

怪我は治ったものの、皆、安心は出来かねるという顔だった。それでも逃げ出そうとする者がいない辺り、さすがは面子を背負った重鎮たちだ。

ならばこっちも相応に堂々としなくてはならない。遥は臆することなく、当主の顔で続ける。

「今、妖狐の執事が犯人を捕まえにいってる。さっきみたいなことは二度とないと当主の僕が約束するよ」

雅火の『妖狐の執事』という通り名は、街のなかでも最も力あるあやかしとして知れ渡っている。先ほど雅火が犯人を追い払ったところを皆見ているので、ようやく安堵のような空気が流れ始めた。

だがそれでも楽しく踊ろうという雰囲気には程遠い。よって遥はもう一言、言葉を添えた。

「お詫びといってはなんだけど、僕に一曲演奏させてほしい」

本来ならば当主の挨拶の後、しばらくは歓談の時間を置くつもりだった。しかし予定を繰り上げて、遥は壁際のこぎつね楽団の方へと向かう。

さっきまで少年執事として氷菓子を出してくれていたから、こぎつねたちはまだおらず、今は楽器と椅子が置いてあるだけだ。

例外なのはグランドピアノ。

そこにはベストとスラックス姿の調律師がいる。

「彩音、お客さんたちの心に気持ちを届けたい。手伝ってくれる？」

小声で頼むと、彩音はケースからヴァイオリンを取り出して手渡してくれた。

「……なるほど、ひょっとしたら伴奏を頼むかもしれないと言っていたのは、こういう時のためか。なかなか先見の明がついてきたじゃないか」

「こんな大事になるとはさすがに思ってなかったけどね。舞踏会での伴奏なんて柄じゃないと思うけど……やってくれる？」

「是非もない。お前が望むのなら、いくらでも弾いてやる」

彩音はピアノの前に着席し、鍵盤(けんばん)の上で指を躍らせる。

モノクルに星のような光が反射し、全身を包んでいく。その姿を背にして遥は客人たちの方を向いた。ヴァイオリンと弓を持ち、一礼。

「先代は琴でみんなをもてなした、と執事から聞いたんだ。だから僕はこのヴァイオリンでさっきのお詫びと——春に続いてこうして皆が集まってくれた感謝を伝えたいと思う。

今夜は舞踏会だ。皆、興が乗ったらぜひ踊ってくれ」

挨拶の言葉が終わると同時に、遥は弓を弾く。同時に彩音も力を解放した。

伯爵の城で契約した時、彩音が得たのは『心を伝える力』。音楽に乗せて、演奏者の心情を観客へ伝播させる力だ。

遥はこの宵月祭の成功を微塵も疑っていない。自分のまわりには雅火を始めとした頼もしい仲間たちがいてくれる。だから絶対大丈夫だ。――その気持ちを彩音の力が皆に伝播させていく。

霊力の宿った遥のヴァイオリンも共鳴し、二人の音色は客人たちの心を直接震わせた。

その効果はぬらりひょんが思わず杖を落としてしまうほど。

「な、なんじゃ、このえも言われぬ演奏は……っ」

「素晴らしいだろう、ご老体？　この演奏、いや合奏は我が城で完成したものなんだよ」

隣で伯爵が自慢げに笑う。

背後のヴァンパイアたちもどうだと言わんばかりの顔をし、ぬらりひょんの後ろののっぺらぼうたちに至ってはうきうきと踊りだしそうになっている。

他の客人たちも合奏に魅入られ、そこかしこで踊り始めた。

台無しになりかけていた大広間の空気は、遥と彩音の演奏によって、見事に舞踏会の様相を取り戻した。

楽団担当の少年執事たちも持ち場に戻り、各々の楽器を手に取り始める。

「遥」

楽団の演奏者が半分ぐらい集まったところで、彩音の体から紫の光が消えた。力を解除し、ピアノを奏でながら調律師はこちらを見る。

「この曲が終わったら、間髪を容れずにこぎつねたちに二曲目を演奏させろ。そのまま場を持たせるのは楽団に任せ、僕とお前は屋敷の外に出るぞ。あとは鎌鼬も連れていった方がいい。おそらく……外にいった執事だけでは手に負えない」

「雅火が手に負えない？　さっきの赤い目のあやかしのこと？　でも外にはクロスケもいるんだよ」

「狗神がいても同じことだ。土と糸を扱い、闇に光るような赤眼……あいつの正体には心当たりがある。僕は元々、北の森の夜雀だからな」

にわかには信じられないが……と付け足し、彩音は告げた。

「あれはすでに退治されたはずのあやかし――北の四大重鎮・土蜘蛛だ」

こぎつねたちが二曲目を奏で始め、場が賑やかな舞踏会になったところで、遥は疾風と彩音を連れてこっそりと抜け出した。

春の時も挨拶を済ませた後は何度か中座して休憩を取ったので、短時間なら問題はないはずだ。

一応、ロレンス伯爵と、それに若頭にも声を掛けて、一度席を外す旨を伝えておいた。二人は東と西の代表だ。もしも自分の地域のあやかしが騒ぎそうになったらなだめておく、と二人は約束してくれた。

ぬらりひょんはそんなことはしてくれないけれど、伯爵が目を光らせておいてくれるのでおかしなことはしないだろう。それに長であるぬらりひょんがいる限りは南のあやかしたちも顔を潰すような真似は控えるはずだ。

そのなかで北のあやかしたちは彩音同様、かつての長の気配を感じ取っているようだった。かなり戸惑っているらしく、あえてダンスに熱中して深く考えないようにしているように見えた。こぎつね楽団の演奏に合わせて、一番熱心に踊っているのが北のあやかしたちだった。

「でも彩音、土蜘蛛はもういないはずなんでしょ？　それがどうして黄昏館に……？」

大広間を出て、屋敷の廊下を走りながら遥は尋ねる。

左隣には疾風がおり、彩音は息を切らせて少し後ろからついてきている。

「僕にわかるものか！　土蜘蛛が生きていたなんて話は聞いたことがない。だがあの気配は確かに土蜘蛛のものだった」

「退治されたと思ってたけど、実は無事だったってこと？」

「それも正直考えづらい……。土蜘蛛が退治されたのは、みすずがまだ当主として駆け出しの頃……つまりは今から十数年も前のことだ。たとえ土蜘蛛が退治屋の手から逃げおおせていたのだとしても、どうして今になって、しかもこの黄昏館に現れたのか……まったく合点がいかない。僕にもわからないことばかりだ！」

「とりあえずよ！　その蜘蛛野郎が遥の挨拶を邪魔して悪さをしたってことだろ？　じゃあとっとと灸を据えて追い返しちまおうぜ！　まあ、雅火が先にいってんなら、もう叩き出しちまってるかもしれねえがな」

「鎌鼬、土蜘蛛を甘く見るな……っ」

彩音の口調はいつにもまして固かった。

「土蜘蛛は大昔から戦乱の象徴とまで言われるあやかしだ。その力はもはや別格。もしも土蜘蛛が健在だったならば、最も強いあやかしの座は執事のものではなかっただろう」

「おいおい……彩音さん、冗談だろ？」

「雅火ひとりじゃ……土蜘蛛には敵わないってこと？」

「そうでなければ、僕も執事と双璧を成す鎌鼬を連れていこうなどとは言わない。遥、心の準備をしておけ。外に出るぞ！」

彩音の言葉通り、正面玄関にたどり着いた。遥は先頭に立って、外への扉を開け放つ。

そして唖然とした。

「な、なんだこれ……っ!?」

庭園がめちゃくちゃになっていた。

木々は薙ぎ倒され、舗装路は踏み砕かれ、噴水は粉々になって水が四方八方から噴き出ている。

その惨状を作ったのは、見上げるほどに巨大なあやかし。

全長は数メートルにも達し、学校の校舎の三階分はありそうだ。全身のほとんどは乾いた土の塊で、動く度にぽろぽろと泥の欠片が落ちてくる。寸胴のような胴体からは八本の足のようなものが生えていた。

かろうじて顔とわかる場所には赤い目が輝いている。大広間に現れたやつと同じ目だ。

その姿形と彩音の話から正体は明らかだった。遥は茫然とつぶやく。

「これが土蜘蛛、北の四大重鎮……っ」

あまりにも想定外の大きさだった。六花が雅火に伝えてきた『大きいあやかし』というのもこの土蜘蛛のことだろう。

その巨体は真っ直ぐ屋敷に向かおうとしていた。

しかし雄々しい純白の狼が体ごとぶつかって押し留めている。狗神の姿になったクロスケだ。番犬の役目を必死に全うしてくれようとしている。

「クロスケ……っ！」

呼びかけても返事はない。そんな余裕はないのだろう。狗神になったクロスケは馬車ほどの体長があるものの、それでも土蜘蛛の方が倍以上に大きい。

土でできた八本の足はじりじりと動き続け、前に進もうとしている。クロスケが止めてくれていなかったら、今ごろ屋敷は大惨事になっていただろう。

また、破壊された庭園のあちこちからは蔦のような植物が伸び、土蜘蛛の足を絡み取ろうとしていた。動きを止めることはできていないが、おかげで前に進むのを鈍らせることには成功している。

その術を使っている者が誰かすぐに気づき、辺りを見回すと、庭園の奥にエプロンドレスの庭師がいた。

「ミレイ⁉　どうしてこっちに……っ⁉」

「ああ、きたのね、遥様！　職業柄、庭に異常があればわたしにはわかるのよ！　で、何か大変なことが起きてるって感じて、従者頭についてきたらこの有様よ！　わたしが丹精込めて手入れした庭をこんなにして……っ、まったく失礼な客ね！」

ミレイもクロスケと一緒に足止めをしてくれていたのだ。

遥はクロスケの頭の上に視線を向ける。

白銀の毛並みのなかに立ち、九尾と狐火が輝いていた。雅火だ。クロスケが体当たりで土蜘蛛を押さえ、その上から雅火が浄化の力を放っていた。

けれど大広間の時のように祓いきれてはいなかった。

雅火の狐火を受けて土は崩れていくものの、その倍の速度で新たな土が発生している。

土蜘蛛の体が大きすぎて、祓いきる前に再生されてしまっていた。

「雅火……っ」

「遥様、ここは危険です！　お逃げ下さい……っ！」

その声には余裕がなく、こちらを振り向くことすらできずにいる。

「当主の僕が逃げられるもんか！　疾風、行って！　雅火たちの加勢をお願い！」

「まさか本当にこんなデカブツが出てくるとはな！　おうよ、今行くぜ！」

疾風が正面玄関から飛び出した。空気を踏むようにして一気に上空へ駆け上がり、空の上から土蜘蛛に烈風を放つ。

巨体が深く沈み込み、前進する力が弱まった。同時に砕けた土の塊が降ってくる。

「危ないぞ、遥！　もう少し下がれ……っ」

彩音が腕を引っ張って下がらせようとする。

「でもみんなが頑張ってる時に当主の僕が下がるなんて……っ」

「ばか！　当主だからこそ、お前は傷を負ってはならない！　執事たちが必死になっているのはお前を守るためだぞ……っ。理解しているだろ⁉」

「……っ。そうだね、わかった……っ」

もしも人間の遥があんな巨体に襲われたら、ひとたまりもない。当主だからこそ、従者の働きを信じる。そういう場面があることを遥はもう知っている。

彩音と共に、正面玄関の庇(ひさし)の奥まで下がった。するとクロスケの足元から少年執事が駆けてくる。六枚花の飾りを胸につけているのが見えた。六花だ。

「はるかーっ」

「六花っ、大丈夫だった⁉　怪我はない⁉」

ぽんっと煙を上げてこぎつね姿に戻り、胸に飛び込んできたので抱き留めてやる。

「へいきっ。でもお庭がめちゃくちゃになっちゃったぁ……っ」

「庭はまたミレイに直してもらおう。それより六花が無事で良かったよ」

「あのね、門のところにいたらね、あの大きなあやかしがいきなり出てきたの。それから黒いもやもやしたのが屋敷のなかへ飛んでいって、すごい怖い感じがしたんだ。そしたらクロスケくんがきて逃げろって言ってくれて、大きなあやかしがお庭をめちゃくちゃにして、クロスケくんが大きくなって止めてくれて、そしたらみやびさまたちがきて……っ」

「うん、うん、わかった。もう大丈夫だよ」

泣きながら説明してくれた背中を撫(な)で、六花をあやしてやる。

隣の彩音が「なるほど……」と頷(うなず)いた。

「大広間に現れたものは土蜘蛛の思念のようなものだったんだろう。それが執事によって祓われてしまったので、今度は本体が突っ込んできたというわけだ……」

「疾風も加わったし、雅火たちなら本体も止められるよね？」

「いや……難しい。よく見ろ。土蜘蛛は完全には止まっていない。鎌鼬が加わってなお足止めしきれていないんだ」

彩音が指先す先、烈風によって沈んだ巨体が徐々に浮き上がり始めていた。八本の足は前進を諦めていない。再び彩音が腕を引っ張ってくる。

「遥、大広間に戻るぞ。急げ」

「大広間に？　どうして？」

「伯爵とぬらりひょんに力を借りよう。西の青鬼共は弱くて話にならんが、四大重鎮の二人が加われば、まだどうにか出来るかもしれない。こういう事態ならば、ぬらりひょんもさすがに手を貸すはずだ」

まさか雅火たちが全員で掛かっても対処できない事態が起こるなんて、夢にも思わなかった。

でも迷っている暇はない。土蜘蛛は真っ直ぐ屋敷を目指している。何が目的かはわからないけれど、このままでは庭園のように黄昏館そのものが壊されてしまう。客人たちにもさっき以上の被害が出てしまうかもしれない。

「――わかった。急いで大広間に戻ろう。伯爵とぬらりひょんに協力を頼んで、それからお客さんたちにも避難してもらうんだ。雅火！　みんな！　あともう少しだけ踏ん張って！」

皆、精一杯なのか、返事はない。けれど、仲間たちを信じて遥は踵を返そうとする。

その時だった。

右手の組紐が一瞬、強く熱を帯びた気がした。

え……と思い、視線を下ろす。光が視えた。星屑のような小さな光だ。それは右手の組紐からこぼれ、天の川のように土蜘蛛へと向かっている。

「組紐が……僕に何か伝えようとしている？」

足を止めた遥に対して、彩音が玄関扉で手招きする。

「遥！　何してる!?　急げ！」

「はるかー、あやねちゃんがよんでるよーっ」

六花も腕のなかで声を上げる。でもどうしても気になった。視線を逸らすことができない。

組紐からこぼれた光はゆっくりと消えていく。

すると大広間の時のように、土蜘蛛が声を発した。

赤い目の下が音を立てて口のように開き、土の欠片をこぼす。

「……キタ……約束ノ時ダ……我ハキタ……ッ！」

……約束の時？

大広間でも同じことを言っていたような気がする。

我ハキタって……キタ……『北』？　いや……約束っていうからには……『来た』じゃないのか？

四大重鎮が約束通りに来た。

その意味するところは……黄昏館の当主ならば心当たりがある。

「もしかして……っ」

遥は目を凝らした。そしてはっと気づく。

「あれは……っ！」

裂けるように開いた口のなか、体当たりしているクロスケの白い毛並み越しに——一枚の便箋のようなものが見えた。

「彩音っ、六花のことをお願い！」

「な⁉　お願いって、お前はどこにいくつもりだ⁉」

「は、はるかーっ⁉」

六花を彩音に渡し、遥は駆け出した。こちらの様子を見ていた雅火もクロスケの背の上から叫ぶ。

「遥様っ⁉　何をやっているのですか、あなたは⁉」

「土蜘蛛の口のなかを見て！」

「口のなか？　それが一体なんだと……と、とにかくお戻り下さい！」

「招待状だ！　土蜘蛛は宵月祭の招待状を持ってる！」

「招待状ですって⁉　そんなことがあるわけは……っ」

クロスケの横を駆け、遥は土蜘蛛の正面にきた。

近くから見上げて確信する。間違いない、あやかしの印刷屋に頼んだものと同じ装丁だから見覚えがある。あれは黄昏館の出した招待状だ。

ただ、中央のデザインだけが少し違った。

遥の作ってもらった招待状は組紐をアレンジしたデザインが印字されている。

一方、土蜘蛛の口の招待状はいくつもの花を印字したもの。つまりは。

……花園、なのか？

そう思いながら遥は土蜘蛛の前に立ち、両手を広げて語り掛ける。

「土蜘蛛！　話を聞いてくれ。君が客人なら歓迎する！　僕は――黄昏館の当主・高町遥だ！」

その途端、地鳴りのような音が止まり、八本の足が前進をやめた。

遥が飛び出してきたことで疾風は烈風を放つのをやめ、クロスケもせき止めていた負担が突然消えたことに驚いて数歩後退（あとずさ）った。

雅火は狐火を出したままだが、疾風同様、遥に飛び火するのを案じて、手のなかだけに留（とど）めている。

土蜘蛛に触れているのは、もはやミレイの操っていた蔦だけ。けれどそれも負担が消えて、ただ巻き付いているだけになっていた。

信じられない、というように雅火がつぶやく。

「止まった……？　まさか遥様の呼びかけによって、足を止めたというのですか……？」

土蜘蛛はゆっくりと屈（かが）んだ。岩の塊のような頭がこちらへ下がってくる。

そして声が発せられた。大広間の時のような威圧感はない。とても静かな声だった。

「……タカマチ、ハルカ……お前ハ……タカ町みす、ず……高町みすず……の……孫か……？」

「高町みすず……うん、そうだよ。僕は高町みすずの孫だ」

「……我は……土蜘蛛……北の四大重鎮……高町みすずと約束を……した……」

「おばあちゃんと……約束？　え、どんな？」

「……孫に……お前に……みすずの……想いの欠片（かけら）を……届けること。……それが……約束だ……っ！」

直後、手首の組紐が強い光を放った。

祖母から授けられたこの組紐には黄昏館の加護が宿っており、あやかしの記憶を垣間見ることができる。

光に導かれるようにして、土蜘蛛の記憶が頭に流れ込んできた。けれどまるで壊れた映写機のようにおぼろげで、判然としない。

うっすらと見えてきたのは、着物姿の祖母。

そして土蜘蛛との会話が聞こえてきた――。

『……高町みすずよ。お前のことは北の四大重鎮として認めてやる。この俺の巨体に臆しもせず、面と向かって話しかけてくる度胸は大したものだ。だがもう用は済んだだろう。とっとと黄昏館に帰れ。護衛の妖狐まで下げさせて、俺と二人で話したいとはどういう了見だ？』

『あら、帰れなんてつれないのねえ。せっかくお友達になったのだから、ゆっくり話していってもよいでしょう？』

『……お、お友達だと？　俺とお前が友になったというのか？』

『あなたは私を認めた。私もあなたを認めてる。だったらもうお友達でしょう？』

『く、くく、はは、はーっはっは！　まったく呆れるほど図太い人間もいたものだ。歴代の黄昏館の当主は何人も見てきたが、お前のようなおかしな奴は初めてだぞ』

『嬉しいことを言ってくれるわねえ。じゃあ、土蜘蛛。この招待状も受け取ってくれるかしら？』

『……招待状？　ああ、黄昏館の舞踏会のものか。馬鹿を言え。歴代のどの当主の時も俺は参加しなかった。いくらお前が相手でもそれは変わらん』

『どうして？　一度来て御覧なさいな。きっと楽しいわよ？』

『俺はこの成りだ。誰にもダンスの相手など務まらん。飛ばした思念は実体なく触れられず、本体のこの身は足の一振りで並のあやかしなど踏み潰してしまう。……強き者は孤高となる。それが摂理だ。お前ほどの当主ならば、身に覚えの一つや二つはあるだろう？』

『……そうね、確かに身につまされる話だわ。強さの代償に諦めなければならないものがどれだけあったことか』

『そうだろう。であれば、俺とお前がこうして顔を合わせるのもこの一度きりだ。孤高なる者は群れてはならん。それは弱さに繋がる』

『たとえお友達同士でも？』

『友だからこそ、尚のことだ』

『私をお友達だと思ってくれるのね？』

『高町みすず。俺はお前を友と認める。なればこそ、我らが言葉を交わすのは今この時が最後だ。俺は……この北の森からお前の安寧を願い続けよう』

『……だったら土蜘蛛、一つだけお願いを聞いてくれる？』

『願い？　いいだろう。言ってみろ』

『この招待状を受け取って頂戴』

『俺は舞踏会には出ないぞ？』

『構わないわ。あのね、ここに私の想いの欠片を込めてみようと思うの』

『想いの欠片……思念のことか』

『ええ。私の死後、想いは欠片となってこの街に散らばっていく。でも今のうちに強く思念を込めておけば、欠片の一部をここに残しておくことができるはずだから』

『死後に幽霊にでもなるつもりか？』

『そんな面倒なものになるつもりはないわよ。ただね、一言二言、言葉を残してあげられたらと思っているの。ずっと誰に託せばいいか考えていたのだけど……孤高な者同士、私はあなたに頼みたい』

『なるほどな……言葉を残したい相手がいるわけか。それは誰だ？』

『私の孫。名前は高町遥。まだ生まれたばかりだけれどね。この先、私が死ぬ時は、遥に当主の座を託すつもりなの』

『生まれたばかりの赤子だと……？　お前はその赤子を抱いたことはあるのか？』

『ないわ。この先も一度会う機会があるかどうかというところでしょうね』

『そうか……』

『だから、頼まれてくれる？』

『……いいだろう。いずれ高町遥が四季諸侯巡りを行い、俺に会いに来たならば、お前の思念のこもったその招待状を渡してやる』

『あら、違うわよ？　話は最後まで聞きなさいな』

『なに？』

『遥に招待状を渡すのは、宵月祭——舞踏会の時よ』

『なぜだ？　俺はいかないと言っているだろう？』

『騙されたと思って一度来て御覧なさい。そうしたら遥がお前と踊ってくれるわ』

『お、俺と？　そんなわけがなかろう。俺と人間では体の大きさが……』

『大丈夫。なぜなら遥は私たちよりもずっと強くなる。孤高の強さの先にいってくれる子のはずだから』

『孤高の……先、だと？』

『ええ。私の執事が必ずそう導くわ』

『執事とは……あの妖狐か』

『そうよ。私の孫と執事はいつか出逢い、共に歩み、この街に大きな絆の輪を作り上げる。そこにはきっとお前の居場所もあるはずよ。信じてちょうだい、土蜘蛛。私の……大切なお友達として』
『高町みすず、お前というやつは……』
『どうかしら？』
『……よかろう。生涯、ただひとりの友の願いだ。さあ、思念を込めろ。お前の死後、その招待状を持って、俺は黄昏館の舞踏会へ向かう。——約束だ』

——組紐の光がゆっくりと消え、遥は閉じていた瞼を開いた。

そこには無理やり土をかき集めて形を保っているような、土蜘蛛のボロボロの姿があった。

こうしている間にも体中にヒビが入り出している。さっきまでの前進がウソのように今にも崩れてしまいそうだ。その口から静かな声が響く。

「……我……俺は……高町みすずからこの招待状を受け取った……。だが愚かにも……みすずより先に俺の方が……討たれてしまった……。強さは孤高など……驕りだった。俺は誰の手も借りることができず……ただ、滅んだ。……たったひとりの友との約束さえ……叶えられないままに……」

「土蜘蛛……」

大広間での声がなぜあんなに強いものだったのか、今わかった。想いがあまりに強過ぎて、呪のようになってしまったのだろう。

「本当の俺は……もうどこにもいない……ただ約束を……約束を果たさねば……っ。その一念を集めて、集めて、集めて……時間を掛けて……形にした」

ぽろぽろと泥の欠片が落ちてくる。まるでこぼれる涙のように。

「春には……間に合わなかった……けれど今宵、この夜に……俺はようやくここにたどり着くことができた……。……答えてくれ、高町遥。……俺は成し遂げられただろうか？　友との約束を果たせただろうか……っ」

締めつけられるように胸が痛んだ。

祖母は強い人だったけど、いつも心の奥に淋しさを秘めていた――雅火からも彩音からもそう聞いたことがある。

きっとその淋しさを生涯で最も理解し合えたのがこの土蜘蛛だったんだろう。だから……おばあちゃんは土蜘蛛に託した。そして土蜘蛛も全身全霊を懸けて応えようとしてくれた。

たとえ命が尽きようとも、消えかけた力を必死にかき集めて、こんなボロボロの姿になってまで――約束を果たしにきてくれた。

感謝とか哀しみとか切なさとか、色んな感情で痛む胸を押さえて、遥は頷く。大きくはっきりと。

「……果たせたよ！　土蜘蛛は僕のおばあちゃんとの約束を果たしてくれた！　君はおばあちゃんの最高の友達だよ……っ」

ああ、と吐息のような声が聞こえてきた。

「そうか、そうか……っ。見ているか、高町みすず。やったぞ、俺はやったぞ……っ」

星に語り掛けるようにそう言った瞬間、巨体が一気に崩れだした。

遥ははっとし、身を乗り出す。

土蜘蛛は約束を果たしてくれた。

でも、まだだ。

まだこっちが約束を果たせていない……っ！

「雅火！　疾風！　彩音！」

遥の声に皆は瞬時に応えてくれた。

契約で繫がっている雅火たちには組紐の記憶は伝わっている。

まずは雅火がクロスケの背から跳躍し、術によって虚空からヴァイオリンを取り出して彩音へ放り投げた。受け取った彩音は流れるようにケースから取り出し、音色を奏で始める。

同時に疾風が烈風を巻き起こし、巨大な足の一本を遥の前へと導いていく。

彼らはただの従者ではない。

彼らは遥の家族であり、ダチであり、兄弟だ。

紡ぎ合った絆によって、皆は遥の願いを正しく汲み取ってくれた。

土蜘蛛が不思議そうにつぶやく。

「高町遥……なにを……？」

「約束を果たすのさ」

遥は笑った。

きっと土蜘蛛と会った時の祖母もそうであったように、とても柔らかく笑った。

「土蜘蛛、僕と踊ろう。今夜は舞踏会だから」

「なん、と……っ」

遥が手を差し出すと、風に運ばれた足の先がちょうど手のひらに触れた。

土蜘蛛の足は見上げるほどに大きい。でもなんの心配もない。この風は疾風が吹かせてくれているものだから。

音楽は彩音の奏でるヴァイオリン。演奏者の心そのもののように繊細に、それでいて優しく響いていく。

空には狐火が瞬いて、シャンデリアのような輝きを作ってくれた。どんな時も雅さを忘れず、暖炉の火のように暖かく見守ってくれる執事の計らいだ。

土蜘蛛はもうほとんど力尽きていて、ステップは踏めず、ターンも出来ない。でも手は触れ合い、心は通い合う。それはまぎれもなくダンスだった。

時間にすれば、ほんのわずかなものだったろう。

それでも体が崩れてしまう瞬間、確かに聞こえた。

「ああ、礼を言うぞ、高町遥。高町みすずの言った通りだ。これは……」

赤い瞳からまぎれもない涙をこぼしながら。

「とても楽しいな……」

そうして祖母の大切な友人は消えていった。

砂の城が崩れるようにあっという間に、でもとても幸せそうな笑みの気配を残して――。


やがて庭園が静寂を取り戻すと、ヴァイオリンの演奏は終わり、穏やかな風がたくさんの土砂を優しく庭へ下ろしていった。

遥はダンスパートナーと触れ合っていた手のひらを静かに握り締める。

「……ありがとう、土蜘蛛」

その囁きに気を遣うように雅火が静かに隣にやってきた。

砂のなかに手を差し入れて取り出されたのは、花園のデザインが印字された便箋。祖母が想いの欠片を込めたという招待状。

「どうぞ、遥様。これはあなたがお受け取りになるべきものです」

まるで王冠でも扱うように恭しく差し出された。

遥は少しだけ気負いながらそれを見つめる。

「これを手にしたら……もしかして……」

「ええ。想いの欠片が形を取り、在りし日のみすず様があなたの前に現れるはずです」

「いいの……かな？」

不安げな言葉に答えたのは、背後にやってきた疾風だった。兄貴分の料理人は朗らかにこちらの背中を叩く。

「いいに決まってんじゃねえか。死んだばあさんに会えるんだろ？　迷う必要がどこにあんだよ」

「や、でもさ……っ」

自称、兄の調律師もそばにきて、苦笑を浮かべる。

「受け取ってしまえ。そのために土蜘蛛はここまできたんだ。元・北の森の住人としても頼む。それに……氷恋花の時、僕ばかりみすずと会えてしまったことを正直申し訳なく思っていたんだ」

「彩音……」

そして今や家族と呼べる執事も諭すように再び招待状を差し出してくる。

銀髪の下に浮かんだのは、本当に本当に優しい笑みだった。

「さあ、遥様。みすず様と良いひと時を。どうか……私の分まで」

「雅火……」

その言葉でわかった。

友禅の想い人の時は目の前に女性の幽霊が現れた。でも……今回は違うのだろう。この招待状は遥宛（あて）に想いが込められたもの。たとえ受け取って想いが実体化しても、雅火や彩音が祖母に会えるわけではないのだ。

だからこそ、雅火は願っている。

遥と祖母がひと時の再会を果たせることを。

その気持ちを無下にはできない。

「ありがとう、雅火。その招待状、僕にちょうだい」

「どうぞ、お受け取り下さいませ」

屈託のない笑顔と共に手渡され、招待状に触れた。

すると組紐が光を放った。あやかしの記憶が視える時と同じだ。でもいつもよりもっと深く繋（つな）がっていく感触があった。遥は思わず瞼を閉じる。

——そうやってどれくらい目を瞑（つぶ）っていただろう。

ほんの数秒な気もするし、数分はそうしていた気もする。

ふいに風が頬を撫でるのを感じた。ほのかな花の香りも届く。

知っている場所だ。

屋敷の裏の……花園？

そう気づいた瞬間、名前を呼ばれた。

「遥」

「……っ」

心臓を鷲掴みにされたように体が震えた。

強い衝動に駆られながら瞼を開く。

目に飛び込んできたのは、見慣れた花園の景色。表の庭園にいたはずなのに、いつの間にか移動していた。いや……違う。これは子供の頃、黄昏館にきた時の花園だ。

色とりどりの花が柔らかな風のなかで咲いている。空は青く、どこまでも晴れ渡っていた。

懐かしい匂い。懐かしい風。

そして。

懐かしい、在りし日の祖母が――目の前に立っていた。

「あ、あ、あ……っ」

声にならなかった。視界がどんどん滲んでいく。

髪留めでまとめた白髪は艶やかで、着物をまとった背筋はしゃんと伸びている。

瞼に焼きついた、思い出と同じ祖母の姿。

着物の両手を広げて、もう一度、名前を呼ばれる。今度は祖母も涙ぐんで。

「遥……っ」

気づけば、無我夢中で駆け出していた。

「おばあちゃん……っ！」

まるで小さな子供のように祖母の胸に飛び込んだ。その両手はとても温かく、驚くほどしっかりと抱き留めてくれた。

「まあまあ、遥、こんなに大きくなって……っ」

優しい手が髪を撫でてくれる。

胸がいっぱいになって、まだ声にならない。

涙と一緒に次から次に溢れてくるのは、ずっと我慢していた感情。固く鍵を掛けて、誰にも言えなかった気持ち。

「あのね、おばあちゃん……っ」

やっと声が出た。

「僕は……っ」

震える声で叫ぶ。

涙を溢れさせながら。

「ずっとおばあちゃんに逢いたかったんだ……っ」

祖母の瞳からも涙がこぼれた。向けられたのはこぼれるような笑み。遥がずっと心に抱き、そうなりたいと願い続けていた、柔らかい笑顔。

「私もよ。ずっと遥に逢いたかったわ」

髪が撫でられる。慈しむような優しい手つきで。

「ごめんね、ずっと独りぼっちにさせて」

祖母の胸のなかで首を振る。

いい、そんなのもう全然いい。だって、こうして奇跡のようにまた逢えたんだから。

「ごめんね、当主の役目なんて大変なものを背負わせて」

もう一度、大きく首を振る。

いい、だっておかげで大切なものをたくさんもらった。今の自分があるのは黄昏館のおかげだ。

「遥にはね、どうしても当主になってもらわなくてはいけなかったの……」

しゃくり上げ、どうにか言葉を絞り出す。

「僕が……街で一番霊力が強い人間だから？」

「違うわ。そうじゃないの。そんなこと、どうでもいいのよ」

だってね、と祖母はイタズラめいた笑みを浮かべる。

「遥が当主になってくれれば、こうして最後にもう一度お話しできるじゃない？」

一瞬、呆気に取られてしまった。

でも次の瞬間には噴き出した。

「そんな理由だったの？」

「ええ、そんな理由だったのよ」

「雅火が聞いたらきっと立ち眩み起こして倒れちゃうよ？」

「そうねえ、目に浮かぶわ。あの子は本当、肩が凝りそうなくらい生真面目だから」

「そうそう、融通も利かないしね」

「利かないわねえ。私が引っ掻き回してだいぶ柔らかくしてあげたつもりなんだけど、その様子だと変わってないわね？」

「変わってないよ、ぜんっぜん」

真面目な顔で言い合い、同時に笑いがこぼれた。嬉しい。まさか雅火のことでおばあちゃんとこんなふうに笑い合える日がくるなんて思わなかった。

きっと雅火が聞いたら、顔を引きつらせてお小言を言い始めるだろうけど。

まだ笑みの余韻を残したまま、祖母は言う。

「最後にね、遥にどうしても伝えておきたいことがあるの」

最後、という言葉に胸が軋んだ。

この時間が長いものじゃないことはわかってる。でもずっとこうしていたかった。

優しい両手が頬を挟み込み、温かい眼差しに見つめられる。

「遥にはずっと淋しい思いをさせてしまった。……自分は誰にも愛されていない、きっとそんなふうに思わせてしまったでしょうね。でもね、ずっと大切に想っていたのよ。遥のことを忘れた日なんて一日もない。おばあちゃんはね、遥のことを――」

告げられる言葉の途中で、ふいに気づいた。

それは。

きっと。

ずっと欲しかった言葉だ。

泣いてしまうほど欲しくて欲しくて仕方なくて。

でも絶対に手に入らないとわかっているから、ずっと目を逸らし続けていた。

そんな大切な言葉を今、おばあちゃんは伝えようとしてくれている。

……だけど、いいのかな？

おばあちゃんは生涯、淋しさを抱えていた。雅火も、彩音も、土蜘蛛も――みんながそんなおばあちゃんの心を救いたいと願っていた。

だから。

もしもこれが最後だとしたら。

欲しい言葉をもらえるのは僕じゃなくて、おばあちゃんであってほしい――。

「おばあちゃん」

「遥……？」

頬の手に触れた。そして精一杯、胸を張る。

「聞いて。今ね、みんながそばにいてくれるんだ。雅火でしょ、こぎつねたちでしょ、おばあちゃんも知ってる先代従者の彩音でしょ。それに疾風っていう料理人も従者になってくれて、クロスケっていう子犬も黄昏館にいてね。それに僕に親友ができたんだよっ。広瀬って言ってね、野球部のエースだったんだ。今は転校して遠くにいっちゃったんだけどいつかクロスケと一緒に会いにいくって約束してるんだ」

とても誇らしい気持ちで、祖母の目を見つめて語る。

「学校には上森（うえもり）っていう友達もいてね、クラスのみんなと夏祭りにもいったんだよ。あやかしの知り合いもたくさんできたんだ。庭師のミレイがこないだから屋敷に来てくれてて、ひょっとしたらいつか従者になってくれるかも。青鬼組の若頭とはよく連絡取り合ってるし、ロレンス伯爵とはお茶会もしたよ。ぬらりひょんとも最近は対等に話せるし、おばあちゃんの約束を守って土蜘蛛とダンスも踊ったよ！　あっ、それから南童寺の裏山たぬきたちとも仲良くなってね……っ」

話したいことがたくさんあった。

話し出したら止まらなくなってしまいそうだった。

でも今、一番伝えなきゃいけないことは他にある。

涙で視界が滲んでいく。

風が弱くなり、花の匂いが減っていき、奇跡の終わりが近いとわかる。

だから気持ちを振り絞って言った。

精一杯、胸を張って。

「僕ね、独りぼっちじゃなくなったよ！　だから安心して、おばあちゃん！」

「遥……っ」

手をしっかりと握る。

心を込めて。

伝われと願って。

「僕だけじゃこんなふうになれなかった。黄昏館や当主の仕事があったから、色んな人のたくさんの優しさに気づくことができたんだ。でもね、黄昏館も当主の役目もおばあちゃんが僕に残してくれたものだよ。だから――」

遥は微笑む。

柔らかく、温かく、すべてを包み込むように。

ずっと目指していた、祖母と同じ笑顔で。

「――おばあちゃんも独りぼっちなんかじゃないよっ。僕と一緒で、ずっとずっとみんなの輪のなかにいたんだよっ！」

「……っ」

祖母の瞳が大きく、とても大きく見開かれた。

一滴の涙がこぼれ、噛みしめるように囁く。

「そう、そうなのね……っ」

長い長い人生が終わったその先で、思わぬ光が差し込んだように。

「私の人生は孤高ではなかったのね……っ」

老淑女はとても晴れやかに微笑んだ。

そして花園の景色が消えていく。

光に溶け、まるですべてがうたかたの夢だったように。

終わりの時間がやってきてしまった。

祖母は困ったように目じりを下げる。

「最後の最後に自分ではなく、私の心をすくい上げるなんて……強い子に育ってくれたのね、遥」

「全部、おばあちゃんのおかげだよ」

「もう、この子は……でもね、伝えたかったことぐらいは言わせてちょうだい」

消えていく景色のなかで、声が響く。

髪を撫でてくれる、手のひらの感触と共に。

「──愛しているわ、遥。たとえおばあちゃんがこの世からいなくなっても、それは永遠に変わらない。どうか覚えておいて。あなたはね、愛されて生まれてきたのよ……」

その言葉は星のように胸に降り注いだ。

ずっと欲しかった言葉。絶対に手に入らないと思っていた、愛情という宝物。

ぽろぽろと涙がこぼれていく。

「おばあちゃん……っ」

泣きじゃくりながら精一杯伝える。

「僕、頑張るよ！　絶対、立派な当主になるから！　雅火たちと街の平和をしっかり守って、友達もいっぱい作って、それからそれからそれから……っ」

もう声にならなかった。

でもいいんだと思った。

光になって消えていく花園。そのなかで最後の最後までおばあちゃんは——とても満足そうに笑っていてくれたから。


——そうして遥は現実に戻ってきた。

視界に映るのは土砂に溢れた庭園と屋敷の仲間たち。

手のなかの招待状はほろほろと崩れ、風に消えていく。

頬には涙が流れていた。

雅火が手を伸ばし、そっと目元を拭ってくれる。

「おかえりなさい、遥様」

「うん……」

小さく頷き、笑顔を返す。

「ただいま」

夜風に吹かれ、前髪がほのかに揺れた。

穏やかな空気を崩すことのないよう、執事がそっと尋ねる。

「如何でしたか、みすず様とのひと時は？」

「大切なものをもらったよ」

自分の胸に手を当てる。鼓動と共にとても温かいものを感じた。おばあちゃんがくれた想いがここに刻まれている。

「たぶんこれからも大変なことや辛(つら)いことはたくさんあると思う。でもね、雅火……」

銀色の執事を見つめて言う。

「きっと僕はもう揺るがない。自分を信じて、真っ直ぐ立ち向かっていける。そう思うんだ」

見上げれば、満天の星。永久に輝くような星の下、永遠に変わらない想いをもらい、今宵、遥はまた一つ成長した。

この先、どれほどの困難が待ち受けていようと、きっともう――高町遥は揺るがない。

夜の花園にて

その後、遥（はるか）は大広間に戻って、今回の事の次第を客人たちへ説明した。

あの赤い目のあやかしが実は先代当主との約束を守ろうとした土蜘蛛（つちぐも）だったと知ると、皆、とても驚いていた。けれど古参である重鎮たちにとって、北の四大重鎮だった土蜘蛛は知らない相手ではない。どこか悼むような空気で最後には皆、納得してくれた。

正門ですべての客人の見送りを終え、遥はほっと胸を撫で下ろす。

多少、トラブルはあったけど、こうして夏の宵月祭（よいげつさい）はどうにか無事に幕を下ろせた。

庭園はメチャクチャになっているし、後片付けはなかなか大変だと思う。でも今夜は色々あり過ぎたので、本格的な片づけは明日（あした）以降ということにし、黄昏館（たそがれかん）の一同も早めに解散してもらった。

そうして、夜が更けた頃。

遥はスーツのジャケットを脱ぎ、ひとりで屋敷の外に出た。

向かうのは裏手の花園。土蜘蛛がやってきたのは表の庭園なので、こちらは無傷で済んでいる。

夜の帳のなかでも花たちは穏やかに咲いていた。

花園のなかに入り、遥は夜風に吹かれる。

様々な想いが胸に溢れ、気持ちがふわふわしていた。

明日も忙しくなるだろうから本当は早く休むべきではあるのだけど……まだ今日という日を終わらせたくなかった。なんだかもったいない気がして、もう少し余韻に浸っていたい。

「このまま時間が止まっちゃえばいいのにな……」

夢みたいな独り言をつぶやき、苦笑する。すると意外にも返事がきた。

「遥様をテリーヌにすれば、あるいは可能かもしれませんよ?」

振り向くと、花園のすぐ外に雅火がいた。遥は肩の力を抜いて、苦笑を深める。

「やだよ。そんなことしたら雅火に食べられちゃうだろ?」

「おや、失敬な。私は人間を食する類のあやかしではないと、以前に申し上げたはずですよ。ですので、テリーヌになった遥様を大広間に飾ってみるというのは如何でしょう?」

「ますますいやだよ。やっぱり時間なんて止まらなくていいや。もうすぐ夏休みも終わって、学校が始まればまたもっともっと楽しくなるしね」

「学校が楽しいとは、お友達のいなかった頃の遥様からは考えられないお言葉ですね」

「成長したでしょう?」

「ええ、とても」

雅火は穏やかに微笑む。

「お傍へ寄ってもよろしいですか？」

遥は柔らかく頷く。

「もちろん。こっちにきて、雅火」

「それでは……」

革靴の音をさせることなく、雅火はふわりと花園に足を踏み入れた。

夜風に銀髪が揺れ、花々の間を執事は進む。

そしてすっとスーツの胸ポケットに手を差し入れた。取り出されたのは、長方形の箱だった。贈答品らしく、全体を包むように控えめなリボンが巻かれている。

「これをあなたに」

「僕に……？」

「はい」

銀髪を揺らして雅火は頷いた。

箱を開けてみると、臙脂（えんじ）色（いろ）の上品なネクタイが入っていた。

「すごくいい色……友禅（ゆうぜん）さんのスーツにも合いそうだね」

「そう思って、ご用意させて頂きました」

「秋の宵月祭にはこのネクタイを付けるよ」

「お喜び頂けて何よりです」

ちょうど今はワイシャツだけだ。遥は今もらったネクタイを差し出す。

「ね、雅火。付けてくれる？」

「喜んで」

上を向き、ネクタイを巻いてもらう。首元に丁寧な手の気配を感じながら遥は尋ねた。

「でもどうして突然、ネクタイを？」

「ささやかなお祝いです」

「お祝い？」

手を動かしながら雅火は囁く。

「あなたは南のぬらりひょんを下し、東のロレンス伯爵に認められ、ついにはもう存在しなかったはずの北の土蜘蛛とも心を通わせました。西の青鬼の長(おさ)とも遠からず会うことが叶(かな)うでしょう。そして何より、我々従者の力を見事に用い、暗礁に乗り上げかけた今宵の宵月祭も成功させました。遥様――」

星空の下、美しい花園で、銀髪の執事は告げる。

「――あなたはもう一人前のご当主です」

「雅火……」

水面に落ちる雫のようにつぶやきがこぼれた。

それはずっと目指していた言葉だ。

少し前の自分ならば、泣いてしまっていたかもしれない。でも今は……泣かずに執事からの信頼を受け止めたいと思った。

ネクタイが結ばれた。その胸元に手を当て、言葉を紡ぐ。

「嬉しいよ。雅火、これからも僕の隣にいてくれるね？」

すぐには返事は来なかった。代わりに白手袋の手が遥の胸元に触れる。

「ネクタイを贈り物にする意味はご存じですか？」

「聞いたことないかも。どんな意味があるの？」

「愛と深い尊敬です」

今度は自らの胸に手を当て、雅火は誓いを口にする。

「私はあなたの執事です。この先、何年でも何十年でもお仕えさせて頂きます」

あ……と遥の唇から吐息がこぼれる。なんとなく空気でわかった。

きっと雅火は祖母にもこの誓いを立てたのだろう。でも……祖母が当主をしていたのは十数年ほどだったはずだ。祖母が亡くなった時の雅火の哀しみは、以前に記憶を視て知っている。

だから手を伸ばした。雅火の頬を両手で挟み、言い聞かせるように言う。

「雅火、良いことを教えてあげる」

「良いこと、ですか？」

「僕はおばあちゃんを超える当主になる」

だから、と満面の笑みで告げた。

「本当に何十年も付き合ってもらうよ。覚悟しておいてね？」

「……っ。あなたは……ついに私の心中まで察するようになられましたか」

吐息をこぼし、困ったような顔をする。

手を離してあげると、襟元を正して姿勢を伸ばした。

そして今度は誓いではなく、当然の事実として執事は言う。

「承知しました。ぬらりひょんが憂いている通り、この先はあなたに振り回されてしまいそうですが、何十年であろうと共に歩み続けます」

「うん、よろしくね！」

そうして二人はこの先の日々を確かめ合った。

花たちは夜風に揺れながら、彼らを見守っている。

ずっと変わることなく、見守っている——。

エピローグ

数日後。黄昏館(たそがれかん)の『当主の間』。

ここには歴代の当主たちの肖像画が飾られている。

一番奥にあるのは現当主の遥(はるか)のもの。その隣には先代の祖母のものがある。

早朝、遥は学校の制服姿で『当主の間』を訪れた。

宵月祭(よいげつさい)の後片付けは大変だったけれど、この数日で庭園も含めてどうにか元通りにすることができた。

今日から新学期が始まる。また学生と当主の二重生活になるので、登校前に肖像画を見て気を引き締めておこうと思ったのだ。

かつて遥の肖像画は自分ひとりの淋(さび)しいものだった。

けれど今は雅火(みやび)、疾風(はやて)、クロスケ、そして彩音(あやね)の姿も新たに描かれている。いずれはミレイもここに加わってくれるかもしれない。

祖母の肖像画を見れば、従者の数はまだ遥の倍以上いる。でもそれがやる気を出させてくれた。

「負けないからね、おばあちゃん」

イタズラめいた気持ちでつぶやいてみた。すると、

「え？　あれ……？」

一瞬、肖像画の祖母が笑った気がした。やれるものならやって御覧なさい、と。

遥は目をこすって何度も肖像画を見直す。そうしていると背後の扉が開いて、雅火が声を掛けてきた。

「遥様、そろそろお出にならないと、遅刻してしまいますよ？」

「あ、雅火っ。今、肖像画が……」

言いかけて、けれど途中で口を噤んだ。

執事は不思議そうに首を傾げる。

「どうかなさったのですか？」

「いや……まあ、いっか」

見間違いかもしれないし、そうじゃないかもしれない。でもどっちでも構わない。大切なことはもうこの胸の中にあるから。

「雅火、自転車の鍵ある？　あと通学鞄も！」

「ええ、こちらに」

雅火が両手からぱっと鍵と鞄を出してくれて、遥は駆け寄ってそれを受け取った。

「ありがと！　今日は始業式だけだから早く帰るよ」

「お友達と遊んでいらしてもよいのですよ？」

「そうしていいなら嬉しいけど、仕事は？」

当然の問いかけに執事は笑顔でひどいことを言った。

「ご帰宅されてから死ぬ気で頑張って頂ければ問題ございません」

「うわぁ……」

血も涙もない発言だった。久々に出逢(であ)った頃のやり取りを思い出してしまう。

「……鬼」

「狐です」

二人一緒に笑みがこぼれた。

厨房(ちゅうぼう)で疾風にお弁当をもらい、玄関では彩音が自転車を出してくれていて、庭園でミレイとクロスケに手を振った。正門には六花(りっか)たちこぎつねもやってきて、雅火と一緒に見送ってくれる。

「じゃあ、いってきます！」

雅火たちに手を振って、遥は自転車のペダルを漕(こ)ぎだした。坂道を下り始めると、すぐに街の景色が視界いっぱいに広がっていく。

思えば、この街で嬉しいこともたくさんあった。でも今は全部ひっくるめて、この街が好きだと言える。

これからもここで生きていきたい。

人間と寄り添って、あやかしと手を取り合って、みんなで一緒にいつまでも。

そう願って顔を上げると、爽やかな風が頬を撫でるように吹き抜けていった。

さあ、新学期が始まる。今日も頑張ろう。


とある港町の、とある場所。

小高い丘に立つ、黄昏館という屋敷には、若い少年の当主がいる。

常に相手の心に寄り添い、柔らかく笑う、心優しい当主だ。

彼は人間と生き、あやかしと歩み、まるで朝と夜の重なった優しい黄昏色のように、今日も街の平穏を守っている。

独りぼっちだったのは、もう遠い過去。

今は溢れんばかりの笑顔に囲まれて。

高町遥はこの街で生きている――。


〈終〉

あとがき

夏休みが終わる時、笑って過ごせていたら、その先の日々もきっと大丈夫だと思いました。そんな願いを込めながら主人公の遥(はるか)を送り出し、『妖狐の執事はかしずかない』の四巻をお届けします。

あとがきの度に続刊の予定は未定らしいです、と言いつつ、ありがたいことにここまで続けさせて頂いた本作なのですが、今巻で一旦(いったん)お話を締めくくってみましょうということになりまして、この四巻は伏線として横に置いておいた事柄をすべて引っ張り出し、遥と従者たちの物語としてまとめさせて頂きました。

もちろん遥はこれからも当主として活躍していくはずなので、何か機会があればまだまだエピソードは書けますよ、とどこかにアピールしつつ（笑）、これまでお世話になった皆様への謝辞を述べさせて頂きます。

担当O様には妖狐執事の立ち上げから親身にお力添えを頂き、共に遥と雅火(みやび)の進む道筋を作って頂きました。物語が今巻に至るまでの指針を得ることができたのはO様のおかげです。

担当K様には今巻から新たにご担当頂き、温かい言葉で物語の大きな推進力を頂戴(ちょうだい)しました。誰かの優しい気持ちが本作のテーマの一つなので、K様に頂いたお力添えが今巻の大きな柱になっております。

イラストのサマミヤアカザ様には一巻から本作の世界を美しく彩って頂きました。今巻には絆（きずな）を視覚的に繋（つな）ぐものとしてネクタイが出てくるのですが、これは今まで表紙を飾ってくれた遥と雅火のイラストから着想を頂いております。

ファンレターを下さる皆様にはいつも元気を頂戴し、本編のなかで登場人物が誰かに優しい言葉を掛ける時、頂いたお手紙を読み返して、その気持ちを原稿に反映させております。またデザイナー様、校正様、営業の皆様、書店の皆様、友人夫婦、実家の家族、多くの皆様に温かいお力添えを頂きました。

そして最後にこのページを読んで下さっているあなた様へ。

ここまで本作を見守って下さって、本当にありがとうございます。あなた様のおかげで遥もひとまずの着地点へたどり着くことができました。そして、もちろん今もあの街で遥たちの日々は続いております。

次にお逢（あ）いできるのがどんな形になるかはわかりませんが、新作にも挑戦できればと思っておりますので、よろしければまたお付き合い頂ければ幸いです。

それでは今日までの感謝を込めながら、いつかの再会を祈りまして。

十一月某日　ススキが風に揺れる日　古河　樹

お便りはこちらまで

〒一〇二―八五八四
富士見L文庫編集部　気付
古河 樹（様）宛
サマミヤアカザ（様）宛

富士見L文庫

妖狐の執事はかしずかない 4

古河 樹

2020年1月15日　初版発行
2023年10月15日　3版発行

発行者　山下直久
発　行　株式会社 KADOKAWA
〒102-8177　東京都千代田区富士見2-13-3
電話　0570-002-301（ナビダイヤル）

印刷所　株式会社 KADOKAWA
製本所　株式会社 KADOKAWA
装丁者　西村弘美

定価はカバーに表示してあります。

本書の無断複製（コピー、スキャン、デジタル化等）並びに無断複製物の譲渡および配信は、著作権法上での例外を除き禁じられています。また、本書を代行業者等の第三者に依頼して複製する行為は、たとえ個人や家庭内での利用であっても一切認められておりません。

●お問い合わせ
https://www.kadokawa.co.jp/（「お問い合わせ」へお進みください）
※内容によっては、お答えできない場合があります。
※サポートは日本国内のみとさせていただきます。
※ Japanese text only

ISBN 978-4-04-073468-2 C0193
©Itsuki Furukawa 2020　Printed in Japan

富士見ノベル大賞
原稿募集!!

魅力的な登場人物が活躍する
エンタテインメント小説を募集中!
大人が**胸はずむ小説**を、
ジャンル問わずお待ちしています。

大賞 賞金100万円

入選 賞金30万円

佳作 賞金10万円

受賞作は富士見L文庫より刊行予定です。

WEBフォームにて応募受付中

応募資格はプロ・アマ不問。
募集要項・締切など詳細は
下記特設サイトよりご確認ください。
https://lbunko.kadokawa.co.jp/award/

主催　株式会社KADOKAWA